DES RÊVES À TENIR

DU MÊME AUTEUR

LA DENT D'ORQUE ET AUTRES VOYAGES AUTOUR DE MES BIBELOTS, Glénat, 2006.
LES ROIS D'AILLEURS, Rivages, 2012.

Jeunesse
MASKIME ET LES PETITES CHOSES, éditions des Éléphants, 2019.

NICOLAS DELEAU

DES RÊVES À TENIR

roman

BERNARD GRASSET
PARIS

ISBN 978-2-246-82591-3

Nicolas Deleau est représenté par SFSG Agency.

À Anne, Lise et Armelle.
Merci aux Partisans de la Langouste,
à Jeannette et à Louise Michel.

Je n'ai pas rêvé l'histoire qui va suivre. Je ne l'ai pas inventée ; tout y est vrai. D'autres que moi pourraient la raconter, aujourd'hui encore ; mais ils sont rares, et personne ne s'y décide.

À Job. Au théâtre du monde.
À toute absence.
À tous ceux qui partent chercher Dimitri.
Aux Partisans de la Langouste.

À l'amour, enfin : c'est bien, avec le rire, la seule chose qui vaille la peine qu'on lutte.

I

C'est donc à moi de raconter cette histoire.

Alors, on y va.

Quand Job est revenu, ceux qui se souvenaient encore de lui ne l'ont pas reconnu : on ne l'attendait plus depuis longtemps. D'ailleurs, il n'avait jamais parlé de revenir ; et il avait tellement maigri qu'on pouvait se demander si c'était bien lui. Trente ans, c'est long. Qui l'aurait vu alors – je veux dire : qui l'aurait *vraiment* vu, observé avec beaucoup d'attention – aurait peut-être noté qu'il émanait de lui une étrange clarté. C'était comme si la lumière du jour, au lieu de rebondir sur sa peau, entrait dans son corps et y restait piégée, à peine plus dense qu'ailleurs. Le jour mourait quand il avait traversé la Grand-Place jusqu'à la rue de la Cale. C'était l'hiver : un vent glacial balayait l'eau du port et les flaques blafardes des quais ; de petits lambeaux de goémon dansaient, soulevés par les rafales. Autour, le village s'allumait de lueurs orange ; un néon verdâtre éclairait pour rien l'entrée de la coopérative maritime, les viviers et le silo à glace.

Tout sommeillait.

C'était dimanche.

Dans les maisons, on jouait aux cartes, on épluchait les légumes pour une grosse soupe ; et à part la taille des écrans et les baies vitrées, Job se disait sans doute que rien n'avait vraiment changé.

Alors que la nuit tombe tout à fait, il se dirige jusqu'à une ruelle obscure, parallèle au front de mer. Il y a là une petite maison de pêcheur parmi d'autres, à croupetons, fermée depuis des lustres. Tout le monde la connaît comme « la cabane », ou « chez Armel ». Armel, pourtant, a disparu il y a des années. Il faut croire que quelque chose de lui a subsisté ici. On raconte qu'il avait dit, un soir, que quelque chose se passait au nord et qu'il voulait en être. Au matin, il n'était plus au mouillage. On ne l'avait plus revu. Peu de temps après, Job était parti lui aussi, sans qu'on sache vraiment si c'était au même endroit.

Et voici qu'il revient, donc.

Il fouille dans ses poches, en extirpe un vieux trousseau, choisit une clé, se ravise, en essaie une autre. Ça bloque un peu, bien sûr. Ça coince. Ça crouille. C'est tout grippé ; mais dans un claquement mat, ça finit par céder.

À la lumière d'une torche, Job contemple l'unique pièce. Il se souvient. Tout est en l'état. Tout. Il reste même du gaz. Il faut imaginer la lenteur dans chacun de ses gestes, la précaution – comme quand on ouvre un carton rempli de jouets de gosse. Il époussette un ou deux bibelots, nettoie la table, une chaise, s'assied ; soupèse une lampe à huile, l'allume.

Ça prend. Ça vacille un peu, au début ; puis ça se stabilise, et l'odeur de l'huile et du laiton bientôt surchauffés recouvre peu à peu celle du moisi.

Dehors, le vent piaule et siffle dans les huisseries. Au loin, les drisses cliquettent contre les mâts.

Dans la petite pièce, éclairée par la flamme, l'échelle de meunier fait un éventail d'ombre tremblante contre le mur. Il grimpe jusqu'à l'étage, sous les combles. Là non plus, rien n'a changé. Tout est là, tous les trésors d'estran : des œufs de raie, des madrépores, des galets ; le diodon, des boîtes de coquillages ; et, contre la poutre centrale, la dent de narval. Pas un trésor d'estran, celle-là. Elle avait été rapportée par le père d'Armel, après une campagne en mer de Behring.

Lorsque Job redescend, les goélands gueulent déjà ; dans le port, les moteurs chauffent et crachotent ; mais en lui, il sent grandir un très profond silence.

Il sort de son sac un bout de ferraille – un cylindre inégal et fondu, découpé au chalumeau sans doute –, le pose sur le rebord de la fenêtre et lui parle. Il a dû lui murmurer que c'était la fin du voyage, quelque chose comme ça.

Moi qui le connais, c'est en tout cas comme ça que j'imagine la scène.

C'est quelques jours plus tard que je l'ai rencontré pour la première fois. On était entre nous ; on faisait notre réunion de la semaine, au bar du Vorlen. D'ailleurs on dit juste « le Vorlen » : il n'y a qu'un bar au Vorlen, un bar et un trognon de quai couleur de pierre flanqué d'une volée de marches – des marches raides et glissantes qui descendent jusqu'à l'eau. Le bar, c'est une simple cahute chahutée par les vents de sud-est – et qui résiste, forte de ceux qui viennent trouver là une chaleur qu'ils apportent eux-mêmes, finalement. Trois tables en tout, noires d'usage, quatre chaises de bistrot pour chacune, plus les trois tabourets du comptoir. Et tout autour, partout, sur des planches, des caisses de vin et des étagères branlantes, la bibliothèque. Le trésor du Vorlen. Il n'y a pas de place pour davantage.

La cahute, elle avait eu une vie avant celle-ci : elle était née au milieu des rochers parce que depuis la petite terrasse qui la prolongeait, on pouvait contempler la baie et le dauphin qui venait là ; je parle d'il y a des années, du temps des touristes et des crêpes. Mais à la mort de Jean-Louis (Jean-Louis, c'était le nom du dauphin, qui était en fait une femelle), les gens n'étaient plus venus, sans doute parce que c'était trop loin de tout. Après quelques mois d'ensommeillement, le bar avait été repris par Jeff, et avait commencé à vivre la vie qu'il a encore aujourd'hui, à peu de choses près. Des visages ont vieilli, d'autres ont disparu, bien sûr – mais les poses, les soirées, les bouteilles et les poèmes qu'on beugle sont restés les mêmes. Des photos en témoignent, que Jeff a punaisées derrière le comptoir et que chacun peut voir. C'est vrai qu'à part moi, et encore, personne ne les regarde plus depuis longtemps.

On était, donc, en plein débat quand il avait poussé la porte ; il avait salué la compagnie – un bonsoir à la cantonade, timide, presque inaudible ; puis il était resté longtemps sur le seuil, en nous regardant. C'était très étrange, presque gênant. Lentement, nos gestes à nous aussi s'étaient suspendus d'eux-mêmes ; on avait dû sentir quelque chose. Gwen seule, qu'il ne quittait pas des yeux, lui avait rendu son « bonsoir », et il avait répété « bonsoir » – un bonsoir rien qu'à elle cette fois, comme s'il ne se rappelait même pas qu'il venait de saluer tout le monde.

Il avait l'air foudroyé.

Elle, sous ses boucles noires, elle avait l'air de se demander pourquoi il la regardait comme ça.

Le visage de Gwen est très expressif – et tout son corps. Elle ressemble à une petite fille ; elle est menue, vive et sans filtre ; mais il ne faut pas s'y fier, à cette apparence enfantine : Gwen est une guerrière, et un cerveau en marche.

Les gestes, aussi doucement qu'ils s'étaient suspendus, avaient fini par reprendre leur cours. L'homme, toujours sur le seuil, ne découvrait pas l'endroit, ça se voyait tout de suite : il semblait scruter avec attention ce qui avait changé. Il n'était même pas surpris par les murs couverts de livres : en un coup d'œil il les avait *reconnus*. Ces livres, c'était la fierté de Jeff, et un trésor dans lequel je venais souvent piocher. Lui et la vieille Régina en apportaient des nouveaux, de temps en temps. Nous aussi, à l'occasion.

Jeff, derrière son comptoir, avait juste dit : « Alors, te voilà revenu. » Job était resté là, silencieux et immobile ; son regard était comme resté accroché du côté de Gwen, je ne savais pas s'il la regardait vraiment ou s'il s'était perdu plus loin. Jeff avait répété : « Alors, te voilà revenu » ; et Job, cette fois, avait répondu « Tu vois » en faisant un pas, puis un autre. Au troisième, Jeff était sorti de sa tanière de bouteilles et ils s'étaient serrés dans les bras l'un de l'autre, longuement, avec chaleur. Le patron avait dit : « Comme dans le temps ? » et sans attendre la réponse, il avait servi un verre de Paddy, qu'il avait fait chauffer fort avec le robinet de vapeur du percolateur. Un Paddy chaud ! C'était bien la première fois que je voyais quelqu'un commander un truc pareil. On s'en souvient, d'un breuvage comme celui-là ; normal qu'un patron de bar n'ait pas oublié. L'homme avait pris le verre, remercié d'un signe de tête et s'était installé à la table près de la fenêtre. Dehors, la nuit fouettait la vitre.

Je dis « l'homme » parce qu'on ne le connaissait pas encore, à l'époque. Après cette soirée, un paquet de gens au village l'appelaient juste « le revenant ». Moi, je l'ai connu mieux que d'autres. C'est différent. C'est pour ça que je l'appelle Job.

Une fois les effusions passées, on était retournés à nos affaires. Je le regardais du coin de l'œil boire son whisky, à petites gorgées prudentes. Il jouait de l'autre main avec une espèce de pantin, une figurine d'acrobate – une petite bonne femme peinte accrochée par les bras à une ficelle entre deux lattes de bambou. Quand on pressait la base des montants, la ficelle se tendait d'un coup et la petite acrobate faisait des soleils. Il semblait jouer machinalement, en regardant dehors ; mais moi, j'ai bien vu qu'il contemplait le reflet de sa petite danseuse sur la vitre. C'est un truc qu'on utilise parfois, quand on est timide, pour que la personne qu'on observe croie qu'on regarde ailleurs.

II

Nous, on s'appelle « Les Compagnons de la Langouste ». Les *Partisans*, pardon. « Les Partisans de la Langouste ». Je me trompe souvent. C'est important, pourtant, de faire attention aux mots qu'on emploie, et on avait discuté longuement pour choisir celui-ci. Pour les *Compagnons*, il y avait déjà ceux du Tour de France – comme Yann qui est charpentier de marine – et un côté scout aussi, qu'on n'aimait pas trop. Avec *Partisans*, il y a l'Histoire, une revendication, une lutte. Ça nous correspondait mieux : tous, on avait une même révolte qui nous mordait le ventre et des raisons pour ça, qu'on partageait aussi.

On les partage toujours.

Ce soir-là, je veux dire le soir où Job était arrivé, on entamait notre réunion du vendredi. Bic nous avait annoncé une drôle de nouvelle : une journaliste de Paris avait appris l'existence de notre groupe, on ne savait pas comment ; et elle voulait faire une émission de radio sur nous – qui on était, notre action, tout. Il fallait se préparer, avoir un discours clair, qu'on montre qu'au-delà du plaisir de chahuter quelques vieux cons aigris on avait des *idéaux*, que le monde qui les mettait à mal était bien sale et méritait qu'on le malmène un peu.

Pour le fond, on était tous d'accord ; mais pour la forme, chacun avait ses préférences, de l'action d'éclat au canular ; et ça s'était compliqué encore plus quand il avait fallu désigner un porte-parole. De nous tous, la personne qui parlait le mieux, c'était Gwen. C'était surprenant pour ceux qui ne la connaissaient pas, à cause de son air de petite fée et de sa voix fluette ; mais elle connaissait beaucoup de choses, et elle pouvait avancer des chiffres sur presque tous les sujets qui nous tenaient à cœur. Après la biologie marine, elle avait poursuivi d'autres études auxquelles la plupart d'entre nous ne comprenaient à peu près rien. Elle parlait toujours avec fluidité – et une grande prudence, surtout. Tout le monde l'aimait, Gwen. Elle faisait l'unanimité. Seulement voilà : la promesse de s'entendre dans le poste et les fantasmes de gloire qui allaient avec changeaient la donne ; et quand ce grand con de Gilles a clamé qu'on s'en foutait que ça soit elle parce qu'à la radio, on voyait même pas les nichons, elle lui a mis une formidable torgnole et nous a gueulé dessus à tous : si on ne riait pas comme des ânes à ses blagues sexistes à la con, il n'en sortirait pas autant, et si c'était comme ça, on se passerait d'elle.

Jeff, le patron, avait l'habitude ; il nous écoutait sans vraiment en être. Je sens bien, cela dit, que rien ne lui échappe. Sur son visage affleure de temps en temps un sourire, léger, mais qui laisse après son passage une longue et paisible empreinte. Parfois même, il conserve ce sourire-là tel quel, sans s'en rendre compte, et il oublie d'essuyer les verres. Dans le groupe, les autres ne voient pas tout ça ; moi, si. Il faut préciser ici que je me concentre difficilement dès que ça devient théorique ou abstrait. Mais j'ai d'autres qualités. Je sais très bien voir, entendre, sentir, toucher et goûter. Ça peut paraître anodin, mais je sais *très bien* faire ça.

C'est même pour ça qu'après, avec Job, on s'est mieux connus.

Ne croyez pas que je crâne – j'ai horreur des crâneurs. Et au final, ça fatigue beaucoup de sentir les choses : on s'aperçoit que rien n'est jamais exactement semblable. On note toutes les petites différences, toujours, à propos de tout. On ne peut pas construire d'habitudes. En un sens, c'est une chance, presque une grâce : je ne m'endors jamais, je ne m'habitue jamais à rien. Et tant mieux parce que l'habitude agit comme une grosse anesthésie, le lent sommeil de la mort. D'un autre côté, c'est comme si je vivais en même temps que mes amis, mais sans vivre avec eux les mêmes choses qu'eux. Ça rend seul. C'est comme ça que j'ai découvert qu'il y avait quelque chose d'étrange dans le corps de Job qui emprisonnait la lumière. On ne peut pas tout avoir.

Je reviens sur moi, une dernière fois, et c'en sera fini. J'ai oublié de le dire mais c'est important, je crois. Je sais aimer. Les personnes, les animaux – les objets, même : il en faut, de l'amour, pour les faire revivre. Tout le monde sait aimer, bien sûr ; je ne dis pas que j'aime mieux qu'un autre ; mais j'aime énormément. *Vraiment énormément.* Ça déborde. Pour les gens, les lieux, les animaux, les moments, les choses. Pour tout. Un vertige.

Les idées, c'est une autre affaire. Il n'y a rien qui se goûte ou se touche, rien qui puisse se sentir, dans une idée. Rien qu'on puisse aimer. Les idées, en elles-mêmes, ne sont pas belles : elles dépendent de qui s'en empare. Moi, ce ne sont pas les idées que j'aime, ce sont les gens qui les portent.

Pour revenir à Jeff et aux sourires qu'on suscitait de temps en temps, je vois bien que nos discussions lui procurent un certain plaisir. Il doit se voir plus jeune, je ne sais pas. Et pour une fois, ce soir, il s'était même fendu d'un commentaire : il avait dit, très distinctement, juste assez fort pour que tout le monde entende, « elle a raison, la petite ; vous ne vous comportez pas en *gentlemen* ». Et il avait regardé Job, comme pour voir s'il était d'accord.

J'ai regardé dans sa direction moi aussi, mais on ne distinguait pas son visage – à Job, je veux dire. Il s'était installé plus ou moins face à la fenêtre. J'ai juste croisé son regard dans la vitre. Je ne sais pas si c'est sa danseuse ou notre groupe dont il regardait le reflet ; mais c'est à ce moment-là, je m'en souviens, que ma première impression s'est confirmée : j'ai noté une petite différence d'opacité entre ses jambes sous la table – un bloc d'ombre noire – et son torse qui semblait boire la lumière. Comme j'étais un peu saoul, je m'étais dit qu'il prenait la couleur de son whisky. Ça me paraissait limpide comme explication.

Alors fièrement, j'ai commandé une autre pinte.

Bic avait repris. La journaliste s'appelait Irène, et elle avait envoyé un message pour dire qu'elle arriverait dans la semaine. Il nous restait donc sept jours au mieux pour nous mettre d'accord, vu qu'on était vendredi.

Je les ai laissés débattre, je m'en foutais et je n'avais aucune envie de causer : ce n'est pas mon fort, j'ai trop peur de ne pas utiliser le bon mot. Pendant qu'ils discutaient, j'observais Job, son étrange lumière intérieure et sa danseuse. Je ne savais pas si les autres avaient noté cette espèce de transparence lumineuse, *étrange* vraiment – c'est le mot. Je crois que non.

La journaliste était finalement arrivée le mercredi. Entre-temps, je m'étais excusé auprès de Gwen : je n'aimais pas qu'on lui fasse de la peine et je sentais clairement que sans elle, ça allait être beaucoup moins bien. Je lui avais juste dit que son chagrin me rendait malheureux, et notre connerie aussi. La mienne surtout, d'avoir ri comme un âne.

Elle avait souri. Elle avait passé sa main dans mes cheveux en me disant que j'étais gentil, qu'on verrait, mais qu'il ne fallait quand même pas trop compter là-dessus : ça leur ferait les pieds, un peu, de se débrouiller tout seuls. J'aime Gwen – depuis toujours je crois. On se connaît depuis tout petits. J'ai toujours aimé ses grands yeux noirs, et la grande broussaille de ses cheveux, noirs eux aussi, tout autour de son visage. Et surtout, je l'aime parce que je sens beaucoup d'amour et de douceur en elle, quand elle me regarde. Je ne dis pas que je sens l'amour quand elle me regarde, mais que quand elle me regarde, je sens l'amour qu'elle a en elle. Cette douceur, cet amour ne me sont pas destinés. Je les sens, ils sont là, je les vois quand elle me regarde, c'est tout – et ça suffit pour aimer quelqu'un.

Ce soir-là, je veux dire le soir où Job avait fait son entrée au Vorlen (je le répète parce c'est là, pour moi, que tout a commencé, s'il y a un début), on avait discuté longtemps quand même, malgré l'épisode de la taloche qui avait bien refroidi l'ambiance.

On n'avait pas été très efficaces, ça partait dans tous les sens : ici, il ne se passe pas grand-chose, alors forcément…

J'étais trop tendu pour parler, à cause de la colère de Gwen ; mais j'écoutais tout et je voyais le manège minuscule entre Jeff et Job. Ils écoutaient, eux aussi ; et parfois, au fil de nos discussions, ils semblaient vivre ensemble des choses connues d'eux seuls.

J'ai vu un documentaire sur les seiches, un jour ; sur les cellules de leur peau qui réagissent aux émotions et changent en un clin d'œil : brun, rouge, noir, blanc, jaune… Et ça bouge, vite. Jeff et Job ressemblaient à deux seiches immobiles, flottant juste au ras du sable, et dont la peau s'irisait à nos paroles sans que je comprenne ce qui, dans ce qu'on disait, les faisait réagir de cette façon. Parfois aussi, ils se figeaient, comme étrangers à tout, chacun dans son coin. Métier oblige, c'était plutôt Jeff qui revenait à nous, mine de rien ; Job restait là, immobile, à nous regarder, perdu ; de temps à autre il retournait à sa danseuse. Elle était très belle, très fine, et à chaque soleil qu'elle faisait, l'angle de son bassin avec les jambes variait, avec beaucoup de grâce. Jambes à l'équerre, jambes alignées, jambes contre le torse… Je l'observais avec tellement d'attention que je ne voyais plus la main qui pressait les montants pour tendre la ficelle.

III

La journaliste avait pris ses quartiers à l'Hôtel du Port : c'est le seul hôtel ouvert à l'année. On y va de temps en temps pour boire un verre, histoire de varier les plaisirs, et pour faire vivre le commerce. Ça sent la cire et les patins, on pourrait y voir débarquer Jacques Tati. Il y a un film comme ça, je m'en souviens, j'étais tout gosse, où il coule un kayak. *Les Vacances de Monsieur Hulot*. L'Hôtel du Port lui ressemble vraiment. Il n'a plus que deux ou trois chambres à louer et reste désert la plupart du temps. Il n'y a que le bar qui tourne. Elle avait atterri là, donc – et elle nous y avait donné rendez-vous. Quand on était arrivés, l'après-midi s'étirait tranquillement, mais tout était installé – deux tables, des verres, et la vieille Régina derrière son comptoir, son tablier sur la blouse et le torchon sur l'épaule, qui nous regardait d'un air goguenard. Mais surtout, assis près de la fenêtre, il y avait Job et sa danseuse. Il rêvait, silencieux, devant une tasse de café vide et un journal ouvert, son gros carnet et son stylo à côté. La lumière du jour déclinait et les rayons du soleil pénétraient son visage comme une pâte de verre.

Est-ce que j'étais le seul à repérer ça ? Les autres n'en parlaient pas, ils ne donnaient aucun signe. Moi, j'avais pris l'habitude depuis longtemps de ne pas leur dire tout ce que je voyais ou sentais, ça ne servait à rien. Job en tout cas était là, près de sa fenêtre, lumineux et un peu transparent. Il avait levé la tête et m'avait fait un signe avec les paupières, comme un lent clignement qui voulait dire bonjour.

Elle, la danseuse, se reposait. Et Régina les regardait tous les deux, de temps en temps, avec affection je crois. Régina sait tout sur tout le monde – c'est la mémoire du port, c'est ce qu'on dit. Elle n'est pas seulement ça : elle est aussi Régina-les-livres, Régina la *rebouteuse d'âmes*, comme dit Jeff.

À chaque peine, elle a un bouquin pour vous remettre d'aplomb. Elle dit que les livres à chaque instant, les bains de mer quotidiens et le lambig à l'occasion guérissent tous les maux, et qu'ils en évitent un bon paquet.

On s'était avancés timidement, en petit tas, à petits pas, sans trop savoir quoi faire de nos bras. Des manchots.

Irène, la journaliste, est venue à nous, main tendue : « Enchantée ! Alors, c'est vous, les Partisans de la Langouste ? »

Bic, qui devait parler en notre nom, a répondu oui. Il a essayé du moins, mais ça s'est étranglé dans sa gorge et dans un gargouillis ; et dans la foulée, il est devenu tout blanc. Il a regardé partout ; il a même fait semblant de s'intéresser au menu alors que c'était le même depuis au moins dix ans. Bic, son truc c'est la théorie ; et il s'enflamme dès qu'il s'agit d'idées ; mais dès que c'est concret ou qu'il doit parler devant des filles, ça se défait en lui comme un mauvais nœud. À se demander comment il va survivre une fois qu'il sera capitaine. Pour les études, ça oui, il l'aura son diplôme. Mais une fois les responsabilités sur le dos, et pour peu que le lieutenant soit une femme…

Il a quand même fini par se reprendre : il avait des choses à défendre, pour lui, et en notre nom à tous. Gwen, finalement, était là. Elle avait posé ses conditions : elle viendrait mais ne dirait rien. On s'est installés, on a commandé, échangé deux-trois mots, et il a bien fallu se lancer. Il a pris une grande respiration :

« Oui. Les Partisans de la Langouste, c'est ça. C'est nous. Ni dieu ni maître, mais on sauve les animaux, et les hommes – les filles aussi, a-t-il précisé, avec un petit sursaut. Le monde va mal, et il a besoin qu'on rue dans les brancards, qu'on agisse pour lui, qu'on détruise les requins de la finance pour protéger les langoustes. Je dis les requins, c'est une métaphore, mais les langoustes, non… Quoique. Si, mais pas exactement pareil. Les langoustes, c'est un symbole, on est tous des langoustes. Les femmes aussi… Toutes les espèces qui crèvent à cause de nous sont des langoustes. Je dis pas que les femmes crèvent à cause de nous, rien à voir, mais c'est des animaux comme les autres, et… »

Il a dégluti encore et s'est éclairci la gorge. Il transpirait à grosses gouttes.

« Et dans les espèces qui crèvent, dont je vous parlais, il y a l'homme… la femme aussi. L'Europe laisse crever les humains dans la Méditerranée, l'Afrique se noie par bateaux entiers, et nous on ferme nos portes et nos cœurs pour pas partager le gâteau, et en plus c'est rempli d'engins de pêche et de plastique… la Méditerranée, pas le gâteau… c'est ça, le combat. On est Partisans de la Langouste et les migrants sont des langoustes comme les autres. L'inverse est vrai aussi. Et les femmes aussi. Les migrantes. Et même les autres. C'est la même chose au final, tout ça. »

Ça commençait moyen. Moi, je n'écoutais déjà qu'à moitié, mais j'ai vu la journaliste faire malgré elle la tête de celle qui vient de gagner au loto alors qu'elle n'a pas joué, et le corps de Job s'assombrir un peu.

Gwen a pris le relais, charitable. Elle est formidable pour ça : c'est la plus forte d'entre nous, mais malgré toutes ses études, elle ne la ramène pas ;

on n'a jamais l'impression d'être stupide quand elle parle. De sa petite voix, elle a dit qu'ici, les langoustes avaient presque disparu. Qu'on était parti de là. Que beaucoup d'espèces étaient en train de s'éteindre parce qu'on avait, pendant des décennies, tout raclé, tout dégueulassé pour le profit ; qu'on était des salopards, et que finalement, les Partisans étaient nés de ces deux constats, tous les deux liés à l'appât du gain : *primo* (elle l'a dit exactement ainsi), on détruisait notre milieu et des espèces qui ne nous appartenaient pas, sans même se soucier de ce que verraient nos gosses ; et *secundo*, on était en Europe qui était un continent moribond, décadent, en fin de vie fin de race fin de tout, et qu'on refusait même à des humains en souffrance absolue, en danger de mort, une place chez nous – comme si la grosse charogne de l'Europe devait être préservée. Je m'en souviens encore par cœur.

Elle a laissé planer un gros silence avant de poursuivre : « L'Histoire jugera notre époque avec la sévérité qu'on mérite. On apprendra comment, en quelques décennies, des dirigeants sans envergure, sans conscience, ont laissé les choses aller jusqu'à l'irrécupérable parce qu'ils s'en foutaient. Ils aimeraient marquer l'Histoire, ils ont l'ego pour ça. Ils la marqueront, l'Histoire. Salement. On retiendra d'eux qu'ils auront été les derniers des porcs – les derniers qui auraient pu faire quelque chose, et qui ont préféré ne pas bouger.

« Mais on apprendra aussi que dans l'ombre, et sans faiblir, d'autres luttaient. Dignes. Aux Partisans de la Langouste, on sauve les animaux et les humains parce que tout ça, c'est lié, c'est une seule et même détresse, pour une seule et même cause – la soif de profit et de pouvoir. Aux Partisans de la Langouste, on crache sur l'ordre établi parce que tout ordre, quand il est établi, est mauvais. L'ordre, ça évolue – ou sinon, c'est mort et ça crée des morts. Aux Partisans de la Langouste, on lutte contre l'égoïsme, qu'il soit lâche ou cynique. »

J'aurais bien applaudi, je l'aurais bien embrassée, mais tout le monde aurait su – et avec la surprise, elle m'aurait peut-être envoyé une taloche à moi aussi.

Dès que Gwen parlait des idéaux qui nous tenaient, c'était comme si elle enfourchait une baleine bleue : ça allait vite, très vite et pour longtemps, sans rien pour arrêter la course et aucune raison pour ralentir. Ça pouvait durer des heures. Mais cette fois, elle estimait que l'essentiel était dit. Elle ne voulait pas convaincre, elle voulait résumer. Elle a juste ajouté, après un autre temps de silence : « Les Partisans de la Langouste, c'est tous ceux qui se disent que si on est jugé par l'Histoire, il vaut mieux être du côté de ceux qui ont eu des rêves à tenir, et le courage d'agir pour leur donner corps. »

Pendant tout ce temps, le micro enregistrait, avec sa diode rouge allumée comme un œil d'inquisiteur ;

et Irène, que ce grand con de Gilles ne quittait pas des seins, n'a pas bougé. Elle écoutait avec une attention qui allait au-delà des informations données : on aurait dit qu'elle devenait l'une des nôtres.

Job avait posé sa petite acrobate et tripotait machinalement son bout de ferraille. Il ne lisait plus son journal. De l'arrière-cuisine où Régina avait disparu s'échappaient des saveurs de grand-mère.

Soupe du jour

*

Assiette de crudités, œuf mimosa

ou

Pâté maison

*

Pêche du jour, légumes de saison

ou

Kig ha farz

ou

Entrecôte frites

*

Salade

*

Fromages

*

Fruits

ou

Mousse au chocolat

On a fini par manger tous ensemble, et par inviter Job qui tout ce temps était resté là, assis tout seul à sa table. Il avait toujours devant lui son petit attirail : la tasse de café vide, le journal et son carnet ; mais il est venu quand même. Il s'est installé, en remerciant très poliment.

Moi, je cherchais dans le regard des autres s'ils captaient ; mais apparemment j'étais le seul à avoir remarqué : tout ce qui dépassait de ses vêtements laissait franchement passer la lumière. Même ses mains.

IV

« Discuter, c'est bien ! On est en colère, on a raison d'être en colère et même juste de le dire, d'accord… mais on fout rien ! » C'est Bic qui a lancé le pavé dans la mare ; il a continué, avec sa voix fluette mais pleine d'énergie :

« Alors cette nuit, on n'est pas couchés avant d'avoir agi. Que demain ne soit plus comme avant ! parole ! »

Les jumeaux se frottaient les mains : une proposition d'action concrète, le soir, autour d'un verre, c'était de bonnes conneries en perspective.

Gilles a répondu qu'il voulait bien, à condition que ça soit plié avant deux heures parce qu'à deux heures, fini ou pas, il embarquait.

Avec les tournées, les idées ont fusé – pas toujours très constructives. Pour que ça ne parte pas dans tous les sens, Irène a pris une feuille blanche, sur laquelle elle a inscrit la liste des propositions.

« Si on veut agir, faut être visible : la première action, même si elle ne sauve rien, faut que ça soit un coup d'éclat !

— Ouais, faut du panache ! »

Je les sentais venir, les frères Guillou : ça faisait des lustres qu'ils rêvaient de graphs sur les murs de la mairie, sur les maisons, partout sur le front de mer. Des langoustes stylisées, au pochoir... Et d'imprimer des T-shirts et des casquettes qu'ils auraient vendues, au local de l'école de surf – pour ramener des sous à l'asso, ils avaient précisé.

Pour une fois, je me sentais le courage de parler. Ça ne m'arrive pas souvent, j'ai peur de dire des bêtises. C'est aussi pour ça qu'avec Job, on s'est si bien entendus. J'ai dit que les pochoirs, on me les avait déjà demandés et qu'ils étaient prêts : dix petits formats découpés dans du galva, et un plus grand dans un cercle d'un mètre quarante de diamètre. Il ne restait plus qu'à trouver les emplacements, et hop, un coup de bombe et le tour était joué. Et puis, j'ai précisé que j'étais d'accord pour l'action d'éclat, un truc qui au matin soit assez voyant pour que personne ne passe à côté, mais que le plus important, c'était d'être des héros.

Je me suis expliqué : « Quand on était gosse, on avait des héros. On voulait leur ressembler. Si on est des héros pour les gosses, on a tout gagné. On ne serait même pas là à se réunir si on n'avait pas vu Zorro, non ? Les héros, ils ridiculisent les méchants.

Il faut qu'on soit populaires pour les gosses et qu'ils rient des méchants. Si on se contente de taguer la mairie, on va juste prendre une soufflante chez les flics parce que tout le monde saura que c'est nous, et les gamins, ils auront surtout peur de nous parler. »

Je suais à grosses gouttes et mon cœur battait dans les oreilles.

« Qu'est-ce qu'on pourrait faire de rigolo, avec les langoustes, pour devenir des héros de gosses ? » a dit Gwen.

Elle était d'accord. J'ai soufflé, de soulagement.

« Pour l'instant, a dit Irène, je récapitule. Il y a :

- Chier devant la porte de ceux qui pêchent sur les frayères
- Faire un grand pochoir de langouste sur le bateau des flics maritimes. Rose, le pochoir, c'est souligné deux fois.
- Hisser un drapeau de pirate de quatre mètres sur trois sur le clocher de l'église – j'ai noté "problème : pas de drapeau".
- Libérer toutes les langoustes des viviers et laisser un petit écriteau : "Vive la liberté et merde à celui qui le lira, signé les langoustes." »

Il y en avait quelques autres, de propositions, mais moins sérieuses.

Hommage aux jumeaux : c'est eux qui ont trouvé le premier coup d'éclat. Il nous fallait juste de la peinture, les petits pochoirs de langouste et des maillots de bain.

Une fois qu'ils nous ont expliqué le plan, on a tous voté oui. Même Gilles qui était un peu rétif, forcément, à cause de son métier. Il le faisait bien, pourtant ; avec courage, avec dignité. On a pris des munitions en cas de déshydratation, et on a laissé Jeff à son comptoir pour partir à l'aventure : bras dessus bras dessous, d'abord ; puis en trottinant dos courbé comme dans les films d'action, jusqu'à l'atelier. Irène nous suivait avec son micro à moumoute ; on avait l'impression d'être dans un reportage de guerre.

Je n'ai pas allumé la lumière, c'est à la frontale qu'on a cherché les dix petits pochoirs en galva et les bombes de peinture rouge. C'était pour se mettre dans l'ambiance. On a bu un coup quand même, en essayant de ne pas rire trop fort. Quand j'ai refermé la porte, les jumeaux avaient pris de l'avance : on distinguait leurs silhouettes noires faire des roulades avant, comme des ninjas, de container en poubelle. J'ai dit aux autres d'y aller, que j'arrivais ; mais j'ai rebroussé chemin, jusqu'à la maison de Job. Sa fenêtre était allumée – j'avais vu en arrivant la petite bande de lumière sur le sol de la ruelle. J'ai jeté un œil.

Sous la lampe, il dormait, posé sur son carnet, la tête entre les bras.

Je l'ai laissé.

Les jumeaux avaient la mairie, Yann les viviers dont Gilles avait accepté de lui prêter les clés pour la nuit.

Nous trois, on devait s'occuper des « chemins ». On se rejoindrait tous là-bas, aux viviers, et on verrait sur place.

V

Le lendemain soir on a fait le bilan. Irène, toujours sur le pont, était là. Sacrée bout de bonne femme.

C'est les frères Guillou qui ont commencé. Ils s'étaient mêlés aux badauds. Le matin, en arrivant à son bureau vers dix heures, le maire avait d'abord vu l'attroupement – puis la façade, sur laquelle était écrit en rouge :

LIBÉRER NOS CAMARADES

Juste en dessous d'un énorme pochoir de langouste.

Ils rigolaient et se tapaient sur l'épaule en se souvenant : « Il s'est raidi, fallait voir, le cou tout gonflé, avec les joues qui tremblotaient ! Il avait de la bave blanche au bord des lèvres, on aurait dit la rage…

— Et direct il a appelé les flics, avec le ton de celui qui a des responsabilités et qui doit gérer un drame affreux !

— Ouais, même qu'il a dit "cas d'extrême urgence", "vandalisme ciblé", "voyous" et "méthodes terroristes". »

Ils en riaient encore. C'est Jeff qui a pris la suite, derrière son comptoir. « Je vous ai vus partir en courant, c'était pas très discret, les frangins !

— Fallait qu'on soit aux viviers avant lui !

— Alors laissez-moi vous raconter ce que vous avez manqué. J'étais au bourg, j'achetais le pain. Le gros avait toujours le téléphone à l'oreille, il faisait les cent pas en gesticulant comme un possédé ; et tout d'un coup, un temps d'arrêt, il a vu toutes les petites langoustes rouges, au sol, qui traçaient un chemin en direction de la mer. Flot de bave, bien mousseux. Il a marché du plus vite qu'il a pu. Nous, on suivait. Nous, je veux dire les badauds. Régulièrement, emporté par sa fougue, il tentait deux ou trois petits pas de course, tic-tac-tac, en haletant comme un petit cochon obèse. Plus, il pouvait pas. »

Jeff parle peu pour lui ; mais il raconte les histoires avec tant de gestes et d'intonations qu'on s'y croirait.

« Le gros a déboulé devant les viviers, tout suffoquant, et il a ouvert la porte – les deux battants… »

Moi, j'étais caché tout au fond : je filmais les autres – Yann, Gwen, et les jumeaux qui prenaient des poses lascives, dans le bassin à langoustes sans plus aucune langouste dedans, vu qu'on les avait refoutues à la flotte. Bic s'était éclipsé avant, il risquait trop avec ses histoires de diplôme.

Le maire a ouvert des yeux énormes et il a dit : « Mais… mais qu'est-ce que ?… C'est quoi ce bordel ? Qu'est-ce qu'ils foutent là, ces cons ? »

Après, forcément, ça a tourné un peu vinaigre. Le maire s'est échauffé parce que son adjoint rigolait bêtement ; et il est encore monté d'un cran parce que les gars ne quittaient pas le bassin, et que les jumeaux lui disaient « Oohhhh, viens, viens, on aime les chauves » avec des gestes érotiques. Résultat, quand les flics sont arrivés, tout le monde a été embarqué.

Au poste de police, ça ne s'est pas arrangé : d'abord à cause des jumeaux – encore eux – qui sommés de « décliner leur identité », avaient répondu « Heckel » et « Jeckel », et j'ai pouffé quand le gars chargé d'écrire (avec ses deux index) a levé la tête – une pure tête de vainqueur – en disant « Vous vous foutez de ma gueule ? ». Je ne sais pas d'où ils ont tiré ça, mais le surnom leur est resté depuis. Ça leur va bien : ils sont intenables dès qu'ils sont ensemble, et ils ne se séparent jamais. Bref. C'était le mauvais moment pour pouffer ; mais c'est toujours quand c'est le pire moment pour rire que ça vous vient. J'avais à peine réussi à me calmer ; et en reprenant le procès-verbal pour vérification, le chef a lu : « À 10 h 30, les services de la gendarmerie ont appréhendé les fauteurs de troubles dans les viviers en maillot de bain rose. »

Et surtout, « les susnommés Jérémy et Frédéric Guillou ont tenté d'agresser les forces de l'ordre munis d'objets contondants » : les mains enfoncées dans des céphalothorax de langoustes, ils avaient bondi hors de l'eau et couru dans tous les sens, les deux bras tendus vers l'avant, en beuglant « Vengeance ».

J'avais filmé la scène. On se l'est repassée vingt fois, surtout à cause de la tête du maire dont on ne se lassait pas.

D'ailleurs j'avais tout filmé ou presque. Et alors qu'on regardait une énième fois les petites vidéos, Irène a dit qu'il fallait absolument mettre tout ça en ligne. On est restés là-dessus, il était déjà tard et Jeff bâillait.

Après ça, le maire et quelques grincheux nous ont regardés de travers. Forcément.

On a été quittes pour une bonne crève et quelques travaux d'intérêt général. Nettoyage de la peinture, en gros. Des langoustes, il n'y en avait pas beaucoup dans le vivier : une demi-douzaine à tout casser. N'empêche que ceux qui les avaient pêchées devaient tirer la gueule. Gilles nous dirait ça très vite.

Bref. À notre petit niveau, le succès était mitigé.

Il est arrivé, le succès, comme une bombe à retardement. J'avais mis en ligne la vidéo du maire abruti devant les deux jumeaux qui beuglaient

« Vengeance » en courant, elle avait déjà pas mal de vues ; et les jumeaux, qui ne manquent pas une occasion de se faire de la pub, l'avaient publiée sur leur page Facebook, sur leur compte Instagram, partout, avec à la fin le pochoir de la langouste qui apparaissait dans un gros coup de tonnerre, comme dans les bandes-annonces des superproductions américaines. Le surf, c'est un réseau : dans l'heure, tous les gaziers du coin l'avaient visionnée, la vidéo, et partagée. En deux jours, il y avait des centaines de milliers de vues. Il y en a vite eu plus d'un million. On n'y croyait pas. On a pris la mesure du truc quand Gwen l'a reçue sous-titrée en anglais, de la part d'un collègue de boulot qui ne connaissait rien à l'histoire – il ne savait même pas qu'elle en faisait partie – mais qui passait son temps à envoyer des blagues. Le genre de gars dont tous les mails commencent par « Fwd: ».

Rapidement, on avait vu les gosses dans la cour de l'école courir à fond, les deux bras vers le haut comme Superman, en gueulant « Vengeance ».

La gloire.

VI

Le lendemain, Irène a pris sa décision : elle passerait un peu de temps avec chacun de nous, à enregistrer tout et n'importe quoi – bien d'autres choses que nos intentions. Il faut dire qu'avec juste nos intentions elle n'aurait pas vraiment eu de quoi faire un reportage ; et tant mieux parce qu'on serait passés pour des fous. Mais là, elle avait aussi notre première action d'envergure, et elle voulait compléter.

Elle a dit qu'elle souhaitait capter notre quotidien – la vie de tous les jours ; et comme on faisait tous des choses très différentes, elle allait prendre le temps. Elle nous avait expliqué qu'elle pouvait se le permettre : elle était en *freelance*. Pas trop d'argent, mais maîtresse de ses heures. Ça tombait bien : on était plusieurs, ici, à avoir pris conscience que le temps était le dernier, le plus précieux luxe de notre époque.

Trop heureuse d'avoir un peu de compagnie, la vieille Régina lui avait dit qu'elle ne lui ferait pas payer la chambre : juste les repas, avec un tarif spécial parce qu'elle pensait rester un mois, peut-être deux.

C'est avec Gilles qu'Irène a commencé. Il avait insisté avec toute la lourdeur dont il était capable, c'est-à-dire beaucoup. Et puis, ça se comprend, il était frustré de ne pas avoir été là pour la nuit commando. Avec son micro à moumoute au bout d'une petite perche, Irène était montée à bord. Ça nous a impressionnés parce que *primo* Gilles est lourd, *secundo* c'est un lève-tôt, et en plus c'est un bourreau de travail. Il part en mer à deux heures précises, le matin ; et ne revient que vers cinq heures le soir. Elle a passé une semaine entière avec lui, qui était fier comme un paon qu'une si jolie fille s'intéresse à lui – et tienne le rythme, en plus. Ma main à couper qu'il a dû lui faire la blague du meilleur filet de pêche du monde. Que c'est un string, tout petit, mais dedans une moule, une raie, parfois une morue, ou une limande salope, etc. La classe.

Après Gilles, elle a suivi Bic, dans son école de la marine marchande. Elle passait directement du « grand con » à « Captain Maigrelet ». C'est comme ça qu'ils s'appellent l'un l'autre ; mais ils ne laisseraient personne baver sur leur pote. Ils s'adorent.

Pour enregistrer, il avait fallu parlementer avec les profs, qui rechignaient, mais elle avait été très persuasive ; et finalement, racontait Bic avec son air goguenard et sa voix fluette, ils s'étaient même pris au jeu – notamment le prof de méca qui était allé jusqu'à laver son bleu.

Puis elle est allée enregistrer Yann. Ça m'étonnait parce que Yann est un passionné, ça oui, et personne ne lui arrive à la cheville en charpenterie de marine… mais c'est aussi un foutu taiseux. Tout broussailleux, tout hirsute, c'est un orfèvre, et son atelier un modèle ; mais il ne parle que si on lui pose des questions et la plupart du temps ses réponses tiennent en une phrase, courte :

— Oui.

— Non.

— Ça je peux.

— Pose ça là.

— Je vais voir ce que je peux faire.

— Va plutôt voir machin.

— Pas de problème (il dit même : pas de P.).

— À plus.

Je l'avais prévenue, pour qu'elle ne s'inquiète pas ; et elle avait eu une drôle de réponse : « Je n'ai pas forcément besoin qu'il parle ; je vais enregistrer le brai qui chauffe, le bois qui travaille, les coups de marteau, le rabot qui chuinte. »

On n'imagine pas ce qu'il faut pour fabriquer un documentaire à la radio.

Finalement, Yann avait fait de gros efforts pour surmonter sa timidité et son goût pour le silence : il avait même parfois commenté ses gestes, détaillant les difficultés, les écueils à éviter, le soin nécessaire pour poser un bordage.

Après, il y avait eu Heckel et Jeckel, dans leur école de surf. Ils avaient insisté pour qu'elle prenne des cours, ils disaient qu'il fallait ça pour découvrir. Elle avait eu beau leur répondre qu'elle voulait juste les enregistrer, eux, les bruits des vagues, les bruits de glisse, les conseils, leur métier, et que le micro n'aimait pas l'eau, ils n'avaient pas lâché l'affaire. Elle avait dû passer une semaine dans l'eau avec eux avant de sortir la moumoute.

Comme Gwen bosse dans un labo où on n'entre pas comme dans un moulin, Irène avait juste enregistré le gazouillement des bulleurs et de l'eau qui circule, dans la salle des cultures – puis, elle avait plutôt enregistré Gwen chez elle. Je me disais que ça se justifiait parce qu'elle travaillait beaucoup à la maison – mais là encore, je me trompais un peu : c'étaient des bruits du quotidien qui l'intéressaient – les portes qu'on ferme, les choses qui cuisent, le frigo qui se met en route. Même la douche.

Collectionner les bruits, je trouvais ça beau : j'aime bien la poésie. Quand elle est venue dans mon atelier, je lui ai dit que j'aimais bien son idée. Pour elle, c'était juste un matériau à travailler ; moi, je crois que j'aurais collecté une énorme banque de données brutes, à écouter pour elles-mêmes. Le chant des goélands, tous les matins de l'année. Les moteurs des bateaux du port, répertoriés, inventoriés ; le bruit du vent pour chaque degré de force – au niveau des mâts du port de plaisance, au niveau de la forêt derrière chez Yann – un travail infini, à compléter tous les jours. J'aimerais. Je ne sais pas pourquoi. Peut-être parce que j'ai une âme de collectionneur ; peut-être parce que je sens les petites différences et que ces enregistrements, ça serait la preuve concrète, vérifiable, que je ne dis pas n'importe quoi. Je ne sais pas. Irène avait souri et dit que c'était une belle idée.

Mon atelier est beaucoup plus petit que celui de Yann, même s'il fait au moins cent cinquante mètres carrés – sans compter l'espace mezzanine, sous les toits, pour stocker les vieilleries récupérées et qui peuvent toujours servir. Quand Irène m'a interrogé sur mon métier, j'ai été bien en peine de lui dire, parce que je n'ai pas de métier – enfin pas au sens où on l'entend. Je bricole, je répare, je suis comme un garagiste mais pour tout et n'importe quoi. Je travaille le fer, le bois, l'électricité. J'aime bien souder, l'électronique, tout ce qui est un peu précis, un peu technique. Ce qui était difficile à expliquer surtout, c'est que mon métier consiste en gros à rendre service aux gens ; je peux aller faire les courses pour eux, ou le jardin ; je peux réparer leur moteur de tondeuse ou de bateau, configurer des ordinateurs ou du matériel électronique, promener le chien ou nourrir la tortue. La plupart du temps, je ne fais pas payer. On troque. On m'apporte du poisson, des légumes du jardin, des outils, des meubles, parfois de l'essence, et beaucoup de livres.

Je pouvais même réparer son micro, s'il fallait. Elle a répondu qu'elle n'aurait rien à troquer, et je lui ai dit qu'un sourire, c'était bien aussi. Elle m'a dit « Charmeur » en riant, mais j'ai été vexé, et je lui ai expliqué que non, je n'étais pas charmeur, que je m'étais mal exprimé, que j'étais amoureux de quelqu'un d'autre et que je ne voulais absolument pas la charmer, toute charmante qu'elle était – j'aimais donner le sourire aux gens en rendant service, voilà tout.

Le fourbi l'impressionnait. Difficile de poser ses pieds, dans mon atelier. C'est pourtant très ordonné ; mais je ne jette rien. C'est ça qui prend de la place. C'est ça qui me permet aussi de dépanner. Je n'aime pas du tout jeter. Tout peut toujours servir, même à autre chose. C'est une manière de m'engager, ma manière à moi d'être un Compagnon de la Langouste. Un Partisan. Je me trompe tout le temps. Ma manière d'être un Partisan de la Langouste, c'est de rendre service, de donner le sourire et de ne rien jeter. Je sais, c'est peu. Parfois, Gwen me dit que c'est beaucoup – et je m'endors heureux.

VII

Le vendredi soir, après la dernière journée avec Irène à l'atelier, on a chopé les autres en route et on s'en est allés ensemble vers le Vorlen. Irène était là depuis un bon mois et demi, presque deux déjà ; à force, elle était devenue un peu une amie, pour nous tous ; et je me disais, en marchant le long du chemin de douane, que son départ allait faire un vide. Je ne devais pas être le seul.

La mer était d'un calme absolu ; pas une risée ; et à l'horizon, elle se confondait totalement avec le ciel. Ce calme, cette lumière, ce bleu très léger des brumes de mer qui cachaient le lointain, on aurait dit une fin d'après-midi de septembre. Le temps de se remplir les yeux et les autres avaient disparu. Ça avait peut-être duré, finalement : quand je les ai rejoints au Vorlen, ils attaquaient la troisième tournée.

À sa place habituelle, près de la fenêtre, Job remplissait son cahier, ligne après ligne, d'une écriture minuscule et régulière, avec sa concentration habituelle. Il écrivait beaucoup, sa petite acrobate à côté de lui, les montants de son agrès posés contre le mur. Dans ces cas-là, il ne buvait que du thé ; et ses gestes étaient presque toujours les mêmes. Régulièrement, il posait son stylo, sa main prenait et serrait les montants du petit portique en bambou ; la danseuse reprenait vie, faisait quelques tours et Job retournait à son stylo. La fréquence de ces moments avec elle, la rapidité des tours, tout cela variait en fonction de son excitation. Plus il écrivait vite, plus la fièvre de l'urgence le tenait, et plus les loopings devenaient convulsifs. Parfois, au contraire, les moments avec elle étaient si lents et doux que la petite marionnette semblait voler. Elle avait la grâce des souvenirs.

On avait commencé notre réunion des Partisans comme chaque semaine, en échangeant les nouvelles, et des histoires plus anciennes ; mais les circonstances étaient particulières, alors on avait vite dérapé et fêté le départ d'Irène, tournée sur tournée. On riait, on racontait n'importe quoi juste pour le plaisir. On s'est remémoré les moments de surprise, quand elle enregistrait des choses auxquelles on ne s'attendait pas.

Gilles, tout de suite, a dit que c'était à son bord que ça avait été le pire – il faut toujours que ça soit « mieux », ou « plus » avec lui. Il a un grand besoin de reconnaissance. Pas facile d'être à la fois pêcheur et Partisan de la Langouste. Il fait très attention, il est ligneur, mais quand même. Et puis, s'il est ligneur, son humour ça reste un gros chalut, ça racle le fond, et il s'en rend compte. Il a besoin qu'on l'aime. Comme tout le monde.

Il avait raconté comment, depuis la passerelle, il l'avait surprise sur le pont, son micro à moumoute au-dessus d'une caisse de criée remplie de lieus jaunes. « Le moteur était coupé, y avait même pas de vent… Et elle, elle enregistrait des poissons morts ! Je vous jure ! Elle enregistrait le son d'un bac de lieus ! » Il riait, il riait. Ça faisait plaisir à voir.

Tour de table : le micro, comme ça, s'était baladé au-dessus d'un bac à huile, d'une poêlée d'oignons, d'une poubelle emplie de sciure, du sable de la plage. J'en passe. Puis on a dressé la liste de ce qu'il fallait encore qu'elle enregistre avant de partir. Des idées, on en avait plein. La tireuse, le chuintement léger de la mousse, le vent dans les bruyères – pas les ajoncs, pas la lande, les bruyères –, le grondement des vagues qui est plus sourd quand on est loin de la côte… Irène notait la liste en souriant ; parfois, un hochement de tête semblait dire que c'était une vraiment bonne idée. Elle a payé sa tournée, y compris au patron ; et est allée elle-même apporter à Job son whisky chaud. Il a levé la tête avec un joli sourire quand elle l'a invité à nous rejoindre. Je pensais qu'il refuserait, réservé comme il était ; mais il a accepté,

« avec plaisir ». Je n'en revenais pas. Il a refermé son cahier, pris sa danseuse et son verre qu'il a posés sur un coin de la table. Au moment de s'asseoir, il s'est ravisé : il a porté un toast, debout, en la regardant, elle, puis nous tous : « Aux bruits du monde », il a dit. « À tous les bruits ! À la vaste rumeur du monde et aux désirs qui la font naître ! » On a trinqué.

Irène, qui avait le don pour faire parler les gens, lui a demandé si c'était la rumeur du monde qu'il consignait dans son grand cahier. C'était culotté : on imaginait mal Job se livrer sur son carnet – même s'il écrivait souvent ici, alors qu'on était là, autour de lui. Il a répondu. Deuxième surprise. Il a pris le temps de réfléchir d'abord, puis : « Si c'est la rumeur du monde ? D'une certaine manière, oui. On peut le dire comme ça. »

C'était courtois, mais définitif. On n'en saurait pas plus. Il venait de nous donner juste ce qu'il fallait d'os à ronger. Il venait de gagner sa tranquillité.

Irène a saisi tout de suite ; et elle lui a demandé, pour changer de sujet, s'il accepterait qu'elle enregistre la petite acrobate, en montrant son micro. C'était absurde ; mais il l'a prise dans sa main, a fait semblant de coiffer ses cheveux de bois peint – il avait des mains très fines – et il s'apprêtait à la faire tourner quand elle a dit qu'elle pouvait aussi l'enregistrer comme ça, sans qu'elle bouge. Il n'avait pas l'air du tout étonné. Il a répondu, en lui tendant la marionnette : « Le mieux est de lui demander son avis. »

À la lumière, on distinguait nettement la différence d'opacité entre le jouet de bois et la main qui le tenait. Petit à petit, Job disparaissait – j'en étais certain.

VIII

La soirée avait été royale ; et tard dans la nuit, à l'heure où il n'y en a plus, Job s'était mis à parler : il nous avait raconté que notre idée des Partisans de la Langouste, cette arche où sauver hommes et animaux en danger, avait connu d'autres heures, lointaines et très belles – des heures auxquelles il avait participé. Ça s'était passé à Dunkerque, dans un bar où avaient convergé, pendant un temps, des histoires, des marins et des désirs. Un refuge.

« J'avais, à l'époque, environ l'âge que vous avez ; et ici, nous étions quelques-uns à partager des rêves. C'était à l'Hôtel du Port qu'on se réunissait, chez Régina, toutes les semaines. On ne s'appelait pas les Partisans de la Langouste ; on n'avait d'ailleurs pas de nom. Si l'on avait dû en choisir un, il aurait sans nul doute porté l'idée de ces rêves qui nous habitaient, tous, et des histoires qui les faisaient germer. Car tout partait de ce plaisir : Armel racontait des histoires. Il les racontait mieux que personne à vrai dire. *Isitrimodore, Roi des Pouces-pieds* ; *l'Infante des quatre mers* ; *les Gardiens de Basse Doun*… et dans chaque histoire se lovaient, redoutables d'innocence, des idées pour un monde à changer. Ça avait l'air de choses de rien, de trucs de gosses. Ça avait juste l'air. Mais il n'y a rien de plus sérieux qu'un gosse, quand il joue.

« Armel était arrivé un jour dans un état d'excitation indescriptible et nous avait dit que nos envies d'écouter des histoires et de refaire le monde avaient trouvé corps et lieu à Dunkerque. Il nous avait parlé d'un bar qui attirait des marins de partout dans le monde. Ça avait fait, au port, comme une ville dans la ville. Il nous avait dit les rêves qui prenaient corps là-bas, chaque jour. Seulement voilà : c'est loin, Dunkerque, et Armel suffisait à nos rêves. On écoutait ; il était passionné, comme possédé presque ; mais on ne voyait pas bien comment y aller sans tout perdre. Lui s'enflammait ; il voulait qu'on parte tous, absolument ; qu'on abandonne tout et qu'on s'y mette ; mais cela nous faisait sans doute peur de passer des rêves à l'action. Alors pour se donner le change, on claironnait qu'un endroit où se racontent des histoires, on n'avait pas besoin de déménager pour ça. On gagnait notre croûte, ici. On s'ennuyait peut-être un peu parfois, mais on se donnait l'illusion, et on rêvait. Armel voyait bien ça. Il voyait bien aussi qu'on n'était pas de très bonne foi.

« Le lendemain, son bateau n'était plus à quai.

« Armel était mon ami. Un vrai ami, un ami d'enfance, toujours là. Et il est parti, du jour au lendemain. »

Il a pris une gorgée de whisky, a posé son verre, et touché du bout du doigt la danseuse et le bout de ferraille : « Nous étions trop timorés. Trop tièdes. »

Derrière le comptoir, Jeff était là, complètement immobile ; mais tout en lui bougeait, comme la peau des seiches. Il se rappelait. Job a continué : « On était trop tièdes. Lui brûlait de rêves.

« Sa première lettre fut un baume ; et elle inaugura un long dialogue, long et dense, et riche, sans lequel je ne serais sans doute pas ici aujourd'hui. Sans me donner pour autant l'impression d'être parti moi-même, ça lavait un peu ma mauvaise conscience de tenir ce lien. Il me racontait tout ce qui se passait là-bas ; les courriers qu'ils recevaient des quatre coins du monde ; les "soirs de grande brume" – il les appelait ainsi. Surtout, il parlait d'un certain Dimitri. Un drôle de bonhomme apparemment, un mystère. Tout le monde, tous ceux qui voyageaient et qui écrivaient pour donner des nouvelles au Bart t'abat – c'est ainsi qu'il s'appelait, le bar, à Dunkerque – tous ceux qui fréquentaient le Bart t'abat, le patron lui-même, tous avaient ici ou là entendu parler de Dimitri. Une sorte de légende. Un homme de musique et de mots, dont on ne pouvait savoir s'il existait vraiment ; car si quelques-uns affirmaient l'avoir entendu, on n'avait jamais que des témoignages indirects. Armel en parlait dans toutes ses lettres. À chaque courrier que je recevais, j'avais un nouveau portrait de lui. Le plus souvent, sous la forme d'une histoire – une rumeur, une anecdote. Parfois, juste un dessin.

« J'ai conservé jusqu'à aujourd'hui tous les signalements de Dimitri, tout ce qui, de près ou de loin, permet de le cerner. J'en ferai peut-être quelque chose un jour.

« Qu'importe. Un matin, je suis parti pour rejoindre Armel. Moins à cause des rêves du Bart t'abat que parce qu'il me manquait. Et puis, toute cette histoire, toutes ces histoires ressemblaient tellement à ce qu'il nous avait offert de lui qu'on pouvait à bon droit se demander si le Bart t'abat lui-même n'était pas l'une de ses inventions.

« Mais quand je suis arrivé sur place, j'ai bien vu que le bar existait, qu'il abritait effectivement des manuscrits, des marins, des désirs, et qu'au port en eau profonde un fantastique bordel flottant se mettait en place – une ville dans la ville, faite de bateaux à couple. »

En entendant « bordel flottant », Gilles s'était mis à écouter vraiment ; il allait poser des questions, mais Job l'avait vu venir : « Je dis bordel, comme quand on dit "un joyeux bordel", pas comme quand on dit "je vais au bordel". Désolé pour la fausse joie.

Quant à Armel, je l'avais manqué. De peu, avait dit le patron. Il venait d'embarquer. Il venait de partir à la recherche de Dimitri. »

Ç'a été mon tour de sursauter.

Ici, « aller chercher Dimitri », ou « partir chercher Dimitri », c'est l'expression qu'on utilise pour désigner les gens qui disparaissent. Ceux qui sont morts, comme ceux qui disent qu'ils arrivent tout de suite mais ne reviennent jamais. Je venais de comprendre pourquoi. Gwen aussi a tilté. J'ai vu. Mais c'est Irène qui a pris la parole :

« Et vous, vous êtes allé chercher Dimitri aussi, alors ?

— Oui. »

Là, les autres ont compris. Tous. Même les jumeaux, qui jouaient la prochaine tournée à chi-fou-mi.

Après avoir demandé du regard si elle pouvait, Irène a mis le micro en route.

« D'une certaine manière, oui. Mais sait-on jamais vraiment après quoi on court ?

— Et vous ne l'avez pas trouvé, n'est-ce pas ? »

Il aurait pu mal le prendre, si le ton avait été différent ; mais il y avait dans ses inflexions une invitation, de la tendresse, de l'admiration, une grande empathie – beaucoup de choses très belles qu'on ne pouvait pas ne pas sentir. Malgré cette douceur, quelque chose en lui tremblait, vacillait, qui tour à tour perdait son regard, très loin, puis le faisait revenir vers nous, avec une intensité terrible.

Elle a repris : « Vous ne l'avez pas trouvé, mais j'imagine que vous avez trouvé beaucoup d'autres choses, durant ces trente ans, c'est si long… J'imagine qu'on revient rempli de moments, de visages, qu'on ne s'attendait pas à ramener avec soi, non ? Des souvenirs, des visions… »

Chacun avait envie d'entendre la réponse. Même Jeff, qui devait pourtant la connaître. Les jumeaux se comparaient les biceps mais écoutaient quand même ; on était tous attentifs.

Il s'est tu, et il l'a regardée longuement – puis, nous tous.

Il n'avait pas oublié la question. Il a pris les montants du portique et a fait tourner sa petite danseuse, dont son autre main caressait les pieds, à chaque tour, du bout des doigts : il cherchait ses mots.

À chaque tour, les petites ballerines rouges passaient de l'autre côté de sa chair ; c'était peut-être à cause de la vitesse des tours, ou à cause des bières ; mais derrière ses mains, on les voyait quand même. On ne les distinguait pas clairement : on les *devinait*, comme on devine ses os quand on plaque la lumière d'une torche contre ses doigts tendus, dans la nuit.

Il a fini par répondre : « Ce que j'ai trouvé, en trente ans ? Le droit de me taire. »

C'était beaucoup plus qu'une simple pirouette pour ne pas répondre. C'était une vraie réponse.

On a respecté la pirouette quand même.

IX

Le dimanche, je ne travaille pas, sauf lorsqu'il y a une urgence à dépanner. Le plus souvent je vais marcher à la côte. Je prends ma canne à pêche. Je ne m'en sers pas toujours mais j'ai toujours en tête l'idée d'un bon poisson le soir. Je vais de pointe en pointe, je descends un peu les tombants de roche pour être tranquille. C'est bien de partir dans l'idée de pêcher : si c'était juste pour contempler, je serais tenté de me poser là et de regarder la mer, sans fin ; et si je me contente de marcher, je finis par ne plus regarder que le sentier.

Ce dimanche-là, j'étais parti comme d'habitude. C'était la fin de l'après-midi, une des premières vraies journées chaudes où l'on se dit que le début de l'été approche. Je m'étais posé entre deux gros rochers, dans une niche de granit polie par le vent et l'eau, sur une pointe tranquille que j'aime particulièrement – une simple avancée à gauche d'une toute petite crique de sable qui regarde l'ouest.

On y sent mieux qu'ailleurs les odeurs de la lande et des algues mêlées. Selon le vent et la marée, l'une ou l'autre domine, bien sûr. Mais ça reste toujours équilibré.

Il n'y avait pas un souffle de vent. J'ai fermé les yeux et j'ai écouté, humant l'air, jusqu'à sentir exactement tout le paysage autour de moi. Je pensais à Gwen, aux Partisans, et à ce que nous avait raconté Job quelques semaines plus tôt. Ça nous avait trotté dans la tête à tous, ces bribes de souvenirs et d'histoires ; et aussi, le fait que toutes les histoires se ressemblent, qu'on ne venait pas de nulle part.

Parfois, j'arrêtais de penser à tout ça et je me replongeais dans le paysage.

D'un coup, j'ai pris conscience d'un clapotis, autre chose que la rumeur des vagues. Je l'entendais depuis quelque temps sans y prendre garde. J'ai rouvert les yeux, tourné la tête, mais je n'ai rien repéré. Puis j'ai scruté encore – et j'ai vu Gwen.

Elle était nue, avec de l'eau jusqu'à la poitrine. Des deux mains, elle a ramassé ses grands cheveux noirs vers l'arrière et essuyé l'eau sur son visage, puis elle a replongé et s'est mise à nager, son corps tout blanc allongé juste sous la surface, à la frôler. À chaque brasse, la surface de la mer autour d'elle étincelait. Je crois que je n'ai jamais rien vu de plus beau. Pas elle, ou pas seulement, mais les éclats de soleil autour – et l'abandon. Elle était seule et libre, à l'abri des regards. J'aurais dû m'enfuir mais c'était impossible sans qu'elle repère ma présence. J'aurais dû, au moins, rester caché dans ma niche de pierre et ne plus la regarder. Si elle m'avait vu, je n'aurais pas pu survivre à la honte.

Elle était belle et le soir était doux. J'étais le ciel, j'étais l'eau ; et la Beauté entrait en moi comme un grand mascaret.

Quand j'étais gamin, j'allais à la messe. Et c'est là, dans ma niche, que j'ai compris ce que le curé disait, quand il parlait de Grâce Divine, d'Illumination, de Révélation. Les journalistes aussi parlent de révélation. C'est bien autre chose, et presque toujours sale. Les mots sont piégeux.

Gwen, maintenant, revenait tranquillement au rivage. Quand elle est sortie de l'eau, j'ai préféré garder en moi l'image de son corps allongé sous la surface. J'ai fermé les yeux et respiré profondément.

Et c'est là que j'ai entendu : « C'est beau, n'est-ce pas ? »

Rien, jamais, ne m'a fait violence comme ça.

Des mots ! quelqu'un ! Parler, maintenant ! Que quelqu'un ait vu ça ! Que quelqu'un d'autre existe ! Et cette complicité de voyeur, et mon trésor éventé, mon secret, mon amour, tout !

J'aurais pu tuer ; mais ça n'a duré qu'une fraction de seconde.

J'ai mis du temps à le voir. Il était assis contre un rocher, lui aussi ; au travers de son buste, on devinait la ligne d'horizon ; derrière son dos, deux ou trois lichens d'un jaune vif avaient l'air de prendre toute la lumière du soleil. Je ne l'avais jamais vu aussi translucide. Il n'y avait pas de doute, ce n'était pas de Gwen qu'il parlait en disant « C'est beau », mais de beaucoup plus.

La colère m'a quitté aussi soudainement qu'elle était venue ; c'était comme quand on est face à un animal qui va mourir. J'ai voulu dire que je n'étais pas là en voyeur, qu'un hasard l'avait mise là, que lorsqu'elle était sortie j'avais tourné la tête, mais il ne m'a pas laissé le temps : « Ce sont des moments comme ceux-là qui m'ont offert le droit de me taire ; ce sont eux qui font goûter la plénitude et le luxe du silence. »

J'ai compris exactement ce qu'il voulait dire ; j'étais même fier de comprendre, et qu'il m'ait fait cette confidence, à moi. On était d'accord sur ce qui était « beau », et que ça dépassait de loin Gwen ou la crique.

Je lui ai demandé de ne parler à personne de ce moment. Il a répondu que l'amour, c'était l'affaire de chacun, et que de toute manière, il avait perdu un peu le goût de parler.

On est restés là, chacun contre son rocher ; on était assez proches pour pouvoir se causer sans forcer la voix, si besoin. Gwen devait être partie de toute façon. On a discuté, de tout, de rien ; mais depuis le temps que je le voyais, depuis ce qu'il avait raconté, et aussi à cause de sa transparence qui m'intriguait beaucoup, je me suis confié : j'avais envie qu'il me connaisse mieux. Je lui ai parlé de Gwen, des humains et des choses ; je lui ai dit la colère aussi, le besoin de changer le monde – et peu à peu, en me confiant, en cherchant les mots justes, je me suis rendu compte qu'en moi, tous ces élans avaient un seul et même moteur : le désir.

J'ai continué : le voir écrire tout le temps m'impressionnait, j'y voyais du désir aussi. Je lui ai proposé de venir visiter l'atelier s'il avait envie. Et comme c'était moi qui causais tout le temps et que je ne voulais pas prendre toute la place – un peu aussi parce que je souhaitais dévier la conversation –, je lui ai dit que j'avais vu cette drôle de lumière, dans son corps, et que j'avais l'impression que plus ça allait, plus il devenait translucide ; mais que je ne savais pas si c'était moi qui avais des hallucinations, ou si c'était vraiment ça.

Il a dit : « Ah, vous avez remarqué que… Je n'étais pas sûr. »

Je n'ai pas voulu demander pourquoi il disparaissait.

Je n'ai pas osé lui demander non plus qui était la petite danseuse.
Je me suis tu.

On a le droit de se taire.

X

Le soir même j'étais invité à manger par Régina, pour me remercier d'avoir réparé son percolateur. L'invitation tombait bien : avec ce qui s'était passé l'après-midi je n'avais pas mis ma ligne à l'eau. J'allais avoir mon poisson quand même. Quand je suis entré, j'ai vu Gwen et Irène qui prenaient un verre.

« Régina nous a dit qu'elle t'avait invité pour ce soir. Tu te joins à nous ? On mange ici. C'est de la raie. »

Heureusement que ce gros lourd de Gilles n'était pas là. Gilles, dès qu'il y a « raie », « moule » ou « bout dehors », on ne le tient plus.

J'ai commandé du vin : une grosse quille et quatre verres, pour remercier Régina de son repas, et pour partager ; et je me suis assis avec elles. Si Gwen avait été toute seule, je ne sais pas comment j'aurais fait. Là, elles étaient deux, et trois bientôt avec Régina à qui on avait proposé de venir nous rejoindre.

Gwen venait d'avoir des nouvelles d'un copain qui était parti avec la SNSM en Méditerranée. Ils étaient bloqués, interdits de sauvetage. Laisser crever les gens en mer quand ton engagement c'est de les sauver… Rien que de l'entendre, j'ai senti moi aussi la révolte me serrer la gorge. On ne laisse crever personne, jamais. Ni les gens, ni les objets. Ni SNSM, ni personne. En mer, c'est comme à la montagne : c'est hostile, il y a des codes, on sauve et c'est tout. Ça devrait être partout pareil. Irène a dit : « Pourquoi Bic n'y va pas ? Il sera capitaine dans deux semaines, non ? »

Nous, on savait bien que ce n'était pas si simple : capitaine, il ne l'était pas encore, justement ; et puis c'est bien beau, mais le bateau ne t'appartient pas.

Je n'ai rien répondu : je regardais les lèvres de Gwen bouger, et je repensais à la surface de la mer avec son corps allongé juste en dessous, tous ses cheveux noirs qui ondulaient, et les reflets de soleil autour d'elle. Régina a apporté la bouteille – *La Haute-Pièce*, ça s'appelle – et j'ai servi les verres.

« Quand même. Ceux qui laissent crever les gens en mer mériteraient d'y crever eux-mêmes ! » Il fallait que ça sorte, et que je pense à autre chose qu'à la crique.

« Si la mort s'attrapait au mérite, ça se saurait, mon grand », a rigolé Régina.

Elle avait raison. On s'est quand même mis d'accord : il fallait aider, agir. On ne savait pas bien comment. Et la question, plus immédiate, des abrutis qui pêchaient au filet sur les frayères restait en suspens. Ça, c'était plus simple. Enfin, c'est ce qu'on s'est dit d'abord. Quelques coups de canif dans les bouts pour virer les bouées ? Ça pouvait suffire, mais laisser tout ce merdier à la mer n'était pas une option. Lever les filets ? C'était du vol. Casser la gueule à ces abrutis-là ? On rechignait.

Irène nous écoutait, elle voyait bien qu'on avait la volonté, mais qu'on ne parvenait pas à trouver un bon moyen d'agir. Et puis, elle a complètement changé de sujet. Elle devait en avoir envie depuis longtemps, vu l'intensité dans sa voix, la soudaineté.

« C'est fascinant, quand même, le destin de ce Job. Trente ans de disparition, à parcourir le monde, en tout cas à disparaître, et d'un coup, ce retour, pour habiter chez son meilleur ami… C'est un sacré personnage, attachant, et mystérieux – il la porte sur le visage, son histoire. Je crois que je vais rester. J'ai envie de savoir. »

Elle a regardé Régina, qui avait un grand sourire : « Je suis bien contente que tu restes. » Puis, après un temps : « Job, il n'est pas seulement parti retrouver Armel, voir le Bart t'abat ou chercher Dimitri, l'aventure, je ne sais quoi. Il est parti aussi pour d'autres raisons. Il ne pouvait pas rester. Il souffrait trop. »

Son visage n'exprimait rien – ni malice, ni tristesse, ni le petit pétillement qu'il y a toujours quand on divulgue un secret. Elle avait le regard ailleurs, loin ; et elle a juste dit : « Il y avait une histoire d'amour aussi. Mais ça, s'il a envie d'en parler, il vous en parlera. On ne déshabille pas l'âme des autres, ça ne se fait pas ; et j'aime trop Job pour trahir sa confiance. D'ailleurs, je ne suis même pas sûre qu'il sache que je sais ce que je sais. »

Fin de l'épisode : on n'en saurait pas plus. Régina savait tirer les vers du nez mieux que personne ; mais la prendre à son jeu, il ne fallait pas y compter.

Chacun était rentré en soi, comme si on avait mauvaise conscience d'être dépositaire, sans que Job s'en doute, d'un secret le concernant. On ne savait pourtant pas grand-chose, au final. Rien qu'une histoire de vie comme on en connaît tous ; mais moi, je me mettais à sa place, et c'était facile parce que j'y avais déjà pensé, à partir d'ici pour souffrir moins.

Régina était songeuse, perdue dans un passé connu d'elle seule ; Gwen, regard fixé sur son verre, en faisait rouler le pied entre le pouce et l'index ; et moi, je pensais à elle, à moi, à Job et à ces trente ans que je voyais maintenant comme un exil, alors que les raisons possibles se multipliaient et qu'il n'y avait pas lieu d'en choisir une plutôt qu'une autre, parce que dans la vie tout est toujours plus compliqué qu'on croit, pour les autres – et plus simple qu'on croit, pour soi.

Je me demandais si sa transparence pouvait avoir un rapport avec cet exil. Je n'osais pas poser la question : je me disais que j'étais le seul à la voir.

Irène a repris la parole : elle savait délester les silences. Elle a demandé à Régina si elle savait où il avait été, pendant ces trente ans, et Régina a repris le sourire. Elle a répondu, avec une joyeuse fierté dans la voix : « Je suis son amie, tu sais, ma mignonne ! On a toujours gardé le contact, même si c'était de loin en loin. On s'est écrit. À la mort d'Armel, on s'est même beaucoup écrit. C'était dur. Il était en Inde à ce moment-là. Mais je peux vous dire que pour le reste des lettres, les timbres n'étaient jamais du même pays. Il y a juste eu un trou, un grand trou de quinze ans. Il était en Arabie, je crois – Obock. Ou Aden. Impossible de vous dire s'il est disposé à en parler. C'est son jardin. Et s'il a décidé de rentrer, c'est peut-être qu'il en avait fait le tour. »

Puis, dans un petit rire : « Enfin là, j'extrapole ! c'est le vin, je n'ai plus l'habitude… Allez, santé, mes mignons ! »

On a sorti le lambig.

XI

Job a fini par venir. Un matin, sans prévenir, il est arrivé, un gros sac dans une main et des croissants dans l'autre. J'ai été touché : je savais qu'il ne mangeait pas le matin.

Je m'occupais de mes vieilles radios. J'en ai toute une collection – pour les pièces, et parce que chacune est belle. C'est à pleurer de déshabiller l'une pour l'autre ; alors pour les faire marcher toutes, j'en trouve à chaque fois une de plus. Ça devient de plus en plus difficile : les gens se mettent à les aimer et les gardent, comme des meubles, ou alors ils en demandent un bras. Ils se foutent de ce qu'il y a dedans. C'est pourtant comme les corps des humains, les radios.

Moi, je suis un SWL : ça veut dire *short waves listener*. J'écoute les ondes courtes. Je fais ça la nuit parce que rien dehors ne me dérange et que ça m'emmène ailleurs. Pour les radios, j'ai une petite pièce spéciale dans l'atelier. C'est là que je répare, et que j'écoute.

Bref. Je bichonnais mes radios quand il a débarqué. Je ne l'avais pas entendu pousser la porte, qui couine pourtant fort. À croire qu'il était passé au travers. Et il a dit : « Bonjour, jeune homme », et « j'espère que je ne te dérange pas ».

Il a sorti de son grand sac un poste d'émission-réception. Une pièce magnifique. En le posant sur l'établi, il m'a expliqué : « Il vient de loin. Du Bart t'abat. C'est moi qui l'ai posté chez Armel, il y a trente ans de ça. Quelqu'un l'avait rapporté de Manille, un cadeau qu'il avait eu là-bas. Les histoires qui le concernaient disaient que le poste avait servi à Dimitri, ou capté Dimitri, je ne sais plus. Le patron m'avait dit qu'il fallait que les histoires aussi voyagent, et que celles qui allaient avec le poste méritaient de faire un tour. Il me l'avait donné. Charge à moi de le ressusciter. Cassé, le poste n'avait plus rien à raconter. Il fallait le réparer, et qu'il trouve dans le monde une nouvelle place. Je ne m'y suis jamais attelé, je ne sais pas bricoler ce genre de choses. Tu penses que... ? »

Bien sûr, que je pouvais. J'ai préparé un café.

*

Le reste de la journée a été calme ; j'avais été attrapé par une sieste à laquelle je ne m'attendais pas, et qui m'avait emmené loin. Le sommeil n'était pas près de revenir ; alors le soir je me suis installé dans mon atelier radio avec le bijou de Job, des biscuits et une thermos de thé. J'ai allumé une BLU, juste pour le bruit de fond, et je me suis mis au travail. Le bruit de fond d'une BLU est une musique sensible, pleine de modulations, beaucoup plus fine qu'on ne croit ; on dirait les mouvements d'un rêve.

J'ai observé le poste sous la lampe.

Pas un éclat sur les cadrans, pas une molette manquante, pas une rayure ; je me demandais, avec un tel état de conservation, ce qui avait bien pu se passer pour qu'aucun voyant ne s'allume.

Je l'ai démonté, très précautionneusement : à l'intérieur, c'était Belgrade. J'ai testé les tubes, le condensateur, le transfo ; tout était à changer. Il avait dû tomber et être sévèrement secoué ; à ce point, ça sentait presque le sabotage. J'ai pris ce que j'avais de mieux dans mon stock, question qualité : je voulais qu'il reparte pour longtemps.

Je m'apprêtais à aller chercher d'autres biscuits quand j'ai capté un grésillement de voix. Ça modulait le fond, comme un corps sous un drap. Impossible de ne pas entendre, mais impossible de comprendre. J'ai réglé la fréquence et j'ai écouté, comme je fais d'habitude, pour le plaisir de capter les rumeurs du monde ; j'étais loin de me douter que ce que j'allais entendre changerait les vies de pas mal d'entre nous, et ferait du bruit bien au-delà de notre petit coin de côte.

— La Curieuse, La Curieuse *de* La Croix du Sud…

— *Salut Michel !*

— *Salut.*

— *C'est comment chez toi ?*

— *On fait la route. Mer calme, pourvu que ça dure. Pour le reste, la routine ; on s'emmerde.*

— *Tu as entendu, pour Jean ?*

— *Oui. Il risque gros.*

— *Il fait combien, déjà, le porte-conteneurs ?*

— *Quatre cents mètres, quelque chose comme ça. Énorme. Un de la compagnie Maersk, je ne sais plus lequel. Pour le prix, faut demander à la compagnie.*

— *En tout cas, il peut prendre son diplôme pour emballer le poisson : avec ça, il sera plus jamais pris nulle part.*

— *Aucun d'eux ! De tout l'équipage, deux gars seulement ont choisi de débarquer. Tous les autres sont restés avec lui.*

— *Quatre jours, déjà…*

— *Ils doivent avoir une petite idée derrière la tête…*

— *Pas sûr qu'ils aillent bien loin.*

— *On parie ? C'est un sacré gazier, tu le sais comme moi ; m'est avis que c'est pas fini.*

Ils ont ri tous les deux.

— *Je ne sais pas si j'aurais fait pareil, mais il a du cran.*

— *Oh oui, oui.*

— *Oui.*

— *Personne n'aime ça. Convoyer l'éléphant au cimetière, merci...*

— *Ouais... n'empêche, de là à... punaise, faut le faire...*

— *Et valide, le rafiot. Je suis allé voir sa fiche : même pas dix ans, tu imagines ? Presque neuf. On bosse pour des porcs. Alang ou ailleurs on s'en fout – mais ce foutu bateau, il pouvait encore servir trente ans. Un pauvre incendie, pas beaucoup de dégâts et hop, au rebut.*

— *Il a raison, et il n'a rien à perdre : de toute façon, ils vont vouloir sa peau.*

— ...

— *Façon de parler.*

— *Je ne sais pas ce qu'ils feront, mais je connais l'animal. Ça va faire du bruit.*

— *Tu rigoles ? On va étouffer le truc – et d'ailleurs, même pas sûr : tout le monde s'en fout.*

— *Pas là où il est... pas là où il est.*

— *À l'entrée de Suez, ils attendent toujours...*

— *M'est avis qu'ils vont attendre longtemps.*

Je ne comprenais pas grand-chose. J'ai rapidement cherché « incendie porte-conteneurs » sur Internet, et j'ai trouvé que le *Pride of Maersk* avait subi un incendie, il y avait environ trois semaines. L'article disait : « Rapidement contrôlé, le feu n'a endommagé qu'une petite partie à l'arrière du bâtiment. »

— *Il m'a juste dit que les assureurs et l'armateur, il n'en avait rien à carrer ; que c'étaient des cons, et qu'il voulait pas que le bateau se fasse dépouiller vivant. Il reste en Méditerranée.*

— *Il est quand même un peu cintré. Je sais pas comment il compte se sortir de l'impasse, mais ça va mal finir, ces conneries.*

— *On va lui faire porter le chapeau, tu verras.*

— *Il le porte, de toute manière : c'était lui le maître à bord, non ?*

— *Mais les autres sont assurés pour ça, c'est rien pour eux…*

— *Tu sais comment c'est.*

— *Oui. Oui.*

— *Il espère quoi ? Il t'a dit quelque chose ?*

— *Il m'a dit qu'il n'espérait rien, justement, et ça a coupé. Je dois y aller, Michel. Salut à bord.*

— *Bonne route.*

Ça arrive que les conversations tournent court. Parfois à cause du travail, parfois à cause de quelqu'un qui entre pour prendre son quart. Le plus souvent, il suffit de chercher sur d'autres fréquences, moins courues, et la conversation continue loin des oreilles indiscrètes.

Là, rien.

Cette nuit-là, quelque chose se passait, j'en avais la conviction – la certitude même. Comme quand un inspecteur, sans aucune preuve, sent qu'il est sur la bonne piste : l'instinct, l'intuition, appelez ça comme vous voulez. J'en étais sûr, une voie s'ouvrait pour les Partisans de la Langouste.

Évoqué de passerelle à passerelle, le capitaine Jean brûlait dans la nuit comme un feu du désordre – pour nous, un phare : il *désobéissait.* Quoi qu'il en coûte. Et, ce qui me touchait particulièrement, il désobéissait parce qu'il refusait de jeter un objet en bon état.

J'avais quand même du mal à croire que sa seule motivation était de refuser un démantèlement. Désobéir, oui ; mais sans un but annoncé, ça ne ressemblait à rien d'autre qu'au dernier baroud d'honneur. Ça se pouvait, oui, bien sûr. Ça se pouvait.

C'était étrange, cette excitation que je sentais en moi : après tout, ce n'était presque rien, cette conversation ; et j'en savais bien peu sur ce capitaine Jean. Avant d'en parler aux autres, j'ai cherché. Je ne voulais pas m'enflammer dans le vide. J'ai fini par trouver deux autres éléments :

• À Port-Saïd, les autorités de gestion du canal avaient noté que le *Pride of Maersk* ne s'était pas présenté à l'entrée du canal de Suez.
• Le *Gujarat Maritime Board* indiquait qu'au chantier de démolition navale d'Alang, l'arrivée du *Pride of Maersk,* programmée le 23.06 à 06AM sur le chantier 111, avait été annulée.

Pour me calmer, je suis allé me poser devant l'aquarium. C'est ma méthode. J'y ai mis quelques crabes, des gobies, des crevettes, et disposé des rochers colonisés, pleins de vie eux aussi – la vie des mares. Et je reste là, les bras sur le dossier de la chaise, la tête sur les bras, à contempler.

Ça m'apaise.

Tout dormait. J'ai regagné l'atelier : j'avais besoin d'agir.

J'ai remplacé toutes les pièces endommagées, j'ai remis le coffrage et effectué un premier essai sous tension. La radio de Job chantait de nouveau.

Quelle nuit, quelle nuit… J'étais heureux en la briquant ; elle était belle comme un anachronisme. Je l'ai enveloppée dans un linge – dehors, il y avait tempête – et je suis allé frapper à la fenêtre de Job, qui écrivait. Il a levé la tête en retirant ses lunettes et m'a fait signe d'entrer.

XII

Il a fermé son carnet et libéré de la place sur la table pour que je la dépose. Je l'ai déballée fièrement. Contact.

Ça s'est mis à chanter. Il m'a posé la main sur l'épaule : désormais cette radio n'était plus à lui. C'était pour qu'elle vive d'autres vies qu'elle lui avait été confiée, et le moment était venu.

Je n'ai pas su quoi dire – même offerts comme en passant, certains cadeaux sont si solennels que le bonheur qu'on ressent à les recevoir paraît comme déplacé. Il ne faut pas se tromper de joie : dans ces cas-là, c'est le don qui compte, juste le don ; et l'objet n'a alors aucune importance. Si c'est lui seul qu'on reçoit, on se trompe. On déçoit.

J'ai dit merci, bien sûr, mais sans insister – il n'aurait pas aimé ça. J'ai pris deux minutes et je lui en ai apporté une autre, émission-réception, une comme celle-là. Pour qu'il puisse, lui aussi, s'il voulait…

Il a mis l'eau à chauffer en remerciant à son tour, et je me suis assis. Cette petite maison, je ne l'avais vue pendant des années que dans la pénombre et à travers des vitres sales, mais je la connaissais quand même assez pour voir qu'à part le coin-cuisine et la table de travail, il n'avait touché *à rien*. Il vivait dans un décor, comme un fantôme.

De l'observer, silencieux dans ce décor, l'idée m'est venue que vivant comme un fantôme, il se transformait peut-être en fantôme, vraiment ; qu'il pourrait regagner de la consistance en acceptant d'occuper enfin, à sa manière, cette maison qu'Armel avait laissée pour lui. Avant de lui en parler, je lui ai demandé s'il avait une conviction, une idée, une hypothèse, n'importe quelle piste, même une simple sensation concernant cette transparence, cet espèce d'effacement dont il semblait victime. S'il se sentait malade, ou s'il supposait une cause, une raison, ou plusieurs... même secrètes...

Il ne m'a pas laissé m'embrouiller davantage et a répondu, avec une sincérité visible et une forme légère de désarroi – d'étonnement, disons – qu'il n'en savait rien. Il n'évacuait pas le sujet. Il avait constaté la chose, sans trop y croire d'abord ; et puis il avait fini par s'y faire. Il avait ajouté qu'il n'en ressentait pas de peine.

C'est important de laisser les gens tracer leur route, j'entends bien ; mais je n'avais pas du tout envie qu'il disparaisse. Alors pour qu'on cherche ensemble, je lui ai dit avec sincérité tout ce que j'avais vu. J'ai procédé comme avec les objets que je répare. Il faut toujours observer avec attention avant de faire quoi que ce soit. C'est même souvent en confrontant plusieurs observations qu'on trouve.

Je me suis fait violence. J'ai tout passé en revue. Je lui ai dit qu'il emprisonnait la lumière à certains moments plus qu'à d'autres mais que je ne parvenais pas à *identifier* ces moments ; pour être plus clair, je repérais ces moments, mais sans pouvoir leur donner une caractéristique particulière, une permanence qui les définirait. Je lui ai dit aussi qu'il avait des variations de transparence et de lumière, mais que lumière et transparence semblaient *indépendantes.* J'ai fait la liste :

Au Vorlen, quand il se mettait près de la fenêtre et qu'il regardait les reflets dans la vitre, il était *à la fois* plus lumineux et plus transparent.

Quand on s'était vus sur la pointe, il était presque invisible. Au petit matin, il était souvent très pâle.

J'avais remarqué des fluctuations rapides et belles comme sur la peau des seiches, une fois, pendant qu'ils nous écoutaient avec Jeff – mais je ne me rappelais plus le contexte exact, ce qu'on avait dit qui aurait pu susciter ça.

Je ne parvenais pas à associer ces transparences à du bonheur ou du malheur, il y avait eu des cas dans les deux sens.

Il a répondu : « Il y a bien des moments plus intenses que d'autres – mais je crois qu'il s'agit juste d'intensité. C'est comme si j'étais passé de l'autre côté du malheur ou du bonheur. »

Je lui ai alors soumis l'hypothèse du fantôme : qu'il devenait transparent parce qu'il ne laissait pas les morts là où ils devaient être et qu'il vivait comme un mort parce qu'il considérait la maison d'Armel comme un sanctuaire. Je lui ai dit que je n'en savais rien, bien sûr ; et que peut-être...

« Peut-être, a-t-il répondu. Il y a peut-être un peu de ça. Mais cela fait trente ans que j'ai pris l'habitude de ne pas déranger l'ordre des choses, là où je passe. Alors... »

On n'avait pas trouvé ce qui le faisait disparaître petit à petit, et j'avais d'autres pistes en tête, mais trop vagues ; alors je lui ai parlé de la conversation captée dans la nuit, et de ce que j'avais ressenti.

Il a réagi quand j'ai prononcé le nom du capitaine Jean puis a murmuré, dans un dodelinement de tête, « impossible... non... impossible, bien sûr » ; et lorsque j'ai mentionné Alang, il a souri.

Il était allé là-bas.

Tous ces hasards sonnaient comme des échos, et tandis que j'y réfléchissais, Job errait quelque part au fond de souvenirs épais et profonds.

J'ai préféré me taire.

C'est lui qui a rebondi : si cette histoire d'équipage rebelle était vraie, ils couraient de gros risques. Surtout s'ils ne disaient rien de leurs intentions.

XIII

Ce qui manquait aux Partisans de la Langouste, c'était lui. Son calme, son recul – son expérience aussi, que laissaient deviner de maigres phrases infusées çà et là en marge de nos conversations. C'est le bon mot : Job était *en marge*. Il était de l'autre côté. Il voyait, à l'infini, s'étendre le théâtre des hommes ; et il l'observait en spectateur.

Rien à voir là avec les passifs, ceux qui se laissent porter et choisissent que les autres agissent pour eux. Ce n'était pas non plus la sérénité des contemplatifs : il faut être bien planté, bien agrippé au monde, pour contempler vraiment. C'était autre chose. Une forme de renoncement, quelque chose comme une *séparation* ; et il était impossible de savoir si elle était volontaire ou subie, sereine ou douloureuse. Il me l'avait dit lui-même et l'avait répété plusieurs fois déjà : il était au-delà. On ne savait toujours rien de ses trente ans d'errance, ni même si ç'avait été une errance ; mais une intuition qu'on partageait tous leur donnait un poids que son silence nourrissait.

Les bruits les plus fous couraient à ce sujet, bien sûr. On les devinait, par bribes, quand Régina évoquait leur correspondance, ou quand des vieux ronchonnaient, au comptoir, que c'était pas le cimetière des éléphants, ici. On entendait parler piraterie, trafic ; tel évoquait une fuite, tel autre une quête ; les plaines de Sibérie ou les bords de la mer Rouge – tout et son contraire. Ça épaississait le mystère. Lui ne bronchait pas ; même pas sûr qu'il entendait. Malgré ce corps qui s'estompait, que je voyais peut-être seul s'estomper, il se dégageait de lui quelque chose qui, dans nos espoirs, dans notre entreprise, nous faisait du bien.

Personne parmi nous n'avait envie d'aller vérifier ces rumeurs : elles étaient belles, et si on avait vraiment voulu savoir, le seul moyen était de lui demander. Or on avait déjà tenté, sans résultat. Irène elle-même, avec toute l'admiration qu'elle avait pour lui, tout son métier, sa patience, son amour des histoires petites ou grandes, Irène elle-même, qui l'aimait vraiment beaucoup, s'était heurtée à son silence de brume.

Job, donc, était souvent près de nous, mais il n'avait pas besoin de nous. Nous, en revanche, si : sa présence nous faisait réfléchir un peu, son retrait donnait des envies d'engagement plus fort. On voulait peut-être lui montrer qu'on était capables de quelque chose quand même, qu'il faut bien commencer quelque part.

On lui a demandé plusieurs fois s'il voulait se joindre à nous, puis s'il voulait bien nous aider, donner son avis ; mais sans succès : s'il était là, en marge de nos réunions, et s'il écoutait effectivement ce qu'on y échafaudait, tout ça semblait le traverser, comme la lumière.

Quand est venu le vendredi soir, j'avais hâte. Il était là. Bien sûr. Toujours plutôt tourné vers la fenêtre et ses reflets. J'ai vu qu'il m'encourageait du regard et je me suis lancé. Pour la première fois, j'ai ouvert le bal et j'ai raconté ce que j'avais entendu : en Méditerranée, il y avait un porte-conteneurs dont le capitaine et l'équipage avaient refusé l'obéissance, parce qu'ils ne voulaient pas voir mourir un bateau. Et ils risquaient gros pour ça.

« Comment tu l'as appris ? a demandé Bic.

— Par la radio. La nuit, j'écoute la radio. Je suis un SWL.

— Je ne comprends pas, a dit Yann : quelle désobéissance ? Un bateau qui meurt ? »

J'ai tout dit. Tout. Du mieux que j'ai pu. Les ondes courtes ; la conversation entre deux capitaines, à propos d'un autre qui s'appelait Jean ; le bateau, un porte-conteneurs, qu'ils devaient envoyer à Alang pour démantèlement ; le refus de tout l'équipage ; les autorités de Port-Saïd qui avaient constaté qu'il ne se présentait pas pour prendre le canal. Ils étaient très attentifs ; les yeux de Gwen pétillaient. J'ai eu, ce soir-là, l'impression d'être quelqu'un d'important, d'avoir mon rôle à jouer.

« Des pirates ! » ont gueulé ensemble Heckel et Jeckel.

Depuis le coup de la mairie, ces deux-là s'étaient donné comme défi de faire rigoler Job aussi souvent que possible. Ils ont décroché le drapeau noir au-dessus du comptoir et se sont mis à jouer les pirates, chacun son Opinel entre les dents, avant de le planter dans la table en gueulant une tonitruante commande de rhum, nom de dieu, par ma barbe ; buvant leurs verres en bavant de chaque côté de la bouche, s'essuyant d'un revers de manche, et riant le plus fort possible en renversant la tête en arrière. Ils en ont tant rajouté qu'ils ont gagné leur pari. Job s'est tourné vers nous. Bic, qui essayait de réfléchir, leur a dit « hohé les guignols, on peut causer sérieux deux minutes », et ils se sont rassis – mais *de côté*, un coude sur la table et le buste penché, en faisant mine de conspirer contre Captain Maigrelet.

Comme Gwen leur lançait des regards d'orage, ils se sont repris et ont proposé d'aller là-bas, avec le bateau de Gilles, pour taguer une langouste – noire, celle-là – sur les flancs du porte-conteneurs. Un bon coup de pub. Sérieux.

« Bien sûr, bande de moules, a répondu Gilles. Avec quatre cents mètres de long, on peut même en taguer PLUSIEURS ! Et tant qu'on y est, j'ai un marqueur indélébile, aussi : on peut écrire notre nom ou dessiner une bite ! » (Il ne peut pas s'empêcher.) « Mais plutôt que mon bateau, pourquoi on partirait pas sur vos planches de surf ? Une chacun, et on n'oublie pas son pique-nique ! »

J'imaginais le pochoir d'un mètre, sur les quatre cents du rafiot ; et surtout, sa précision avec la houle. Une petite chiure noire. Une tache.

Une fois de plus, on avait du mal à être constructifs.

Seulement là, ce n'était pas tout à fait pareil : il ne s'agissait pas d'imaginer des actions, mais de s'engouffrer dans ce qui existait déjà. De participer ou de prendre modèle. Malgré les blagues des uns et des autres, j'ai tenu bon.

J'avais un temps d'avance. Ils n'avaient pas entendu la conversation dans le silence de la nuit. Leurs oreilles étaient pleines de leurs propres voix.

Moi, je sentais l'appel d'air, et je me doutais qu'il suffisait d'un rien pour que tout commence.

XIV

Dès le lendemain, Gwen est arrivée à l'atelier au petit matin. Je tremblais comme à chaque fois qu'on se retrouvait seuls tous les deux ; et de la voir là, si tôt, un jour de semaine, elle qui ne venait presque jamais, j'en avais le souffle court.

Après un silence que je n'ai pas réussi à habiter, elle a pris une respiration et dit : « Tout le monde ne le sent pas – ou pas encore ; mais moi, je sens quelque chose, que tu sens aussi. »

Mes jambes se sont défaites sous moi. Je suis resté face au perco, à faire semblant de m'occuper de quelque chose. Le silence était interminable, alors intérieurement, pour ne pas céder à la panique, je me suis mis à compter. J'étais rendu à « deux » quand elle a continué : « Tu vois de quoi je parle, n'est-ce pas ? »

Mes oreilles bourdonnaient fort, je ne savais pas comment m'en sortir ; il fallait que je réponde. J'ai vu une issue : je lui ai demandé si elle parlait de cette conversation, et du bateau, de la désobéissance.

Elle a dit oui.

Et que Bic arrivait pour causer.

Et qu'il avait une surprise.

J'aurais voulu disparaître d'un coup : avoir été assez présomptueux pour croire que, pour espérer que… pauvre con !

Mais dans la vie, il faut toujours tenir, et quand ça vous arrive dessus sans prévenir, il y a une voix en vous qui vous dit de rester debout. Ça marche ou pas. Je me suis dit, très vite, que c'était bien qu'on ait senti la même chose, que ça nous liait ; qu'on avait une complicité profonde, qu'on se comprenait au fond ; que Bic devait avoir eu son diplôme, que c'était super pour lui et une très bonne nouvelle pour les Partisans ; que ce que j'avais entendu, c'était quelque chose d'important. Que je ne m'étais pas trompé.

J'ai quand même eu du mal à y trouver de la joie.

J'ai fait le café. Au moins, mes mains ne tremblaient plus. C'était passé au menton. Quand je suis revenu avec les tasses, Bic a frappé, et passé la tête par la porte avec un sourire de vainqueur.

C'était bon.

Il l'avait, son diplôme.

Ce soir, au Vorlen, c'était pas une tournée, mais sa soirée. Une fois les effusions passées, il a dit qu'il y avait pensé toute la nuit, à cette histoire de porte-conteneurs. Selon lui, il fallait attendre d'avoir une confirmation par une autre voie. Qu'on ne se contente pas de la conversation de deux capitaines et de trois pauvres lignes sur Internet, mais qu'on voie si on en causait dans les journaux, en gros : *a priori*, l'affaire méritait qu'on en parle. Et puis, on était à peu près d'accord : si tout ça se confirmait, il fallait savoir ce que le capitaine Jean et son équipage comptaient faire. Pour l'instant, il y avait de bonnes chances que ça fonce dans le mur, leur histoire – et avant même qu'on ait levé l'ancre pour les rejoindre.

C'était juste.

La voix en moi continuait, elle gueulait de ne rien lâcher, de tenir.

Je leur ai dit que je resterais à l'écoute. Ils pouvaient compter sur moi, j'allais essayer de trouver ce capitaine Jean et d'entrer en contact avec lui. Ils semblaient douter, ça se voyait – et en un sens, ça se comprenait. Il était temps de leur montrer. J'ai viré le vélo qui encombrait le passage jusqu'aux radios et j'ai ouvert la petite porte, en leur expliquant que c'était ici que j'avais capté la conversation, et que j'en avais entendu bien d'autres.

Devant les alignements sur les étagères, la niche au fond avec mon émetteur-récepteur, ils sont restés là, bouche bée ; ils n'en revenaient pas.

« Merde alors… et tu peux aussi émettre… », a dit Bic.

J'avais même ce qui se faisait de mieux dans le genre. J'ai juste répondu : « Quand tu seras en passerelle avec tes galons, on pourra causer.

— Cachottier ! » a dit Gwen en riant.

Elle ne savait pas à quel point.

On a causé un peu, je ne me souviens plus vraiment de quoi ; puis ils sont repartis tous les deux et je me suis retrouvé seul à l'atelier. Le temps flottait. La voix qui gueulait debout s'était éteinte. Je suis resté face à l'aquarium jusqu'au soir.

Il a bien fallu bouger malgré tout, sortir de ma tanière pour les rejoindre. Lorsque je me suis décidé à partir, le jour était faible. Il bruinait. La bruine est une grande maîtresse ; elle donne au monde la cohérence d'un crépuscule. Tout s'y floute, gris-bleu ; on baigne dans un élément qui n'est ni l'air ni l'eau, qui fond l'aube et le couchant, et vous enveloppe plus sûrement encore que le malheur.

XV

En chemin, j'ai pris mon temps.

La côte était lavée d'indigo. On n'entendait de la mer qu'un vague fourmillement.

Je parle de fourmillement : chacun peut faire l'expérience. Posez-vous les yeux fermés, au ras de l'eau, quand la houle calme flue et reflue sur des rochers que couvrent les balanes. C'est un bruit qui fourmille, le bruit mouillé de centaines de milliers d'adieux de la mer aux vies qu'elle regagne et quitte. C'est un pétillement infini ; le chant de l'estran.

À un jet de pierre, on voyait dans la masse noire de la falaise l'éclat d'ambre des vitres couvertes de buée ; on n'entendait rien que le murmure de la bruine qui s'étendait à l'infini et la rumeur des flots. La bruine, ce n'est pas seulement le royaume du bleu. C'est une particulière qualité de silence – et, posé sur lui, ce murmure comme une nappe.

Il fallait n'être plus qu'à quelques pas pour distinguer des clameurs et des rires.

Lorsque je suis entré, Gwen est venue à ma rencontre, enjouée, le rose aux joues. « Tu en as mis, du temps. On t'attendait ! »

C'était gentil ; mais ils ne m'attendaient pas – et je sais reconnaître quand on est heureux et quand on est un peu éméché. Je me suis laissé prendre par l'épaule quand même, je n'avais aucun courage, aucune volonté, aucune raison de refuser cette main : posée sur mon épaule, près de la nuque, elle m'enveloppait le cœur.

La table contre la vitre était vide. Job n'était pas là.

Bic s'est approché avec un verre qu'il m'a tendu, puis Yann aussi, pour trinquer. J'avais du mal à être dans le bain, à cause du retard, à cause de la journée ; j'étais plein encore de crépuscule et de bruine. Yann s'en est aperçu tout de suite : il m'a dit d'enquiller les deux premiers cul sec ; c'était juste sa manière de me dire qu'il était avec moi. Il sent bien les choses, Yann. Pour le remercier, j'ai suivi son conseil.

C'était un joyeux chaos, une cohue bruyante et gaie. Entouré de sa moumoute, le micro d'Irène se baladait au bout d'une perche, au-dessus de nos têtes ; il passait des frasques des jumeaux à la grande chevelure noire de Gwen, dont les boucles s'agitaient comme de petits ressorts quand elle riait ; il veillait le corps fluet de Bic, survolait ce grand con de Gilles ; il semblait vivre sa propre vie. Pour que personne ne s'en soucie – même pas elle – elle avait fixé la perche à son petit sac à dos. L'ensemble se baladait, et quand elle dansait je me demandais si le micro rendrait ça.

Même Régina était venue. Elle avait troqué son éternel ensemble blouse-tablier pour une grande jupe noire. Jeff lui avait réservé un tabouret au comptoir et lui servait du champagne.

Heckel et Jeckel portaient des toasts en beuglant.

J'ai demandé à Bic pourquoi Job n'était pas là. Ils l'avaient vu chez lui, il prenait un thé, un plaid sur les genoux, comme les vieux ; il avait dit qu'il passerait s'il en avait le courage, mais il avait l'air préoccupé et surtout très fatigué.

On a bu quelques coups ; Gwen ou Yann venaient me voir de temps en temps. Bic était heureux et c'était chouette. Captain Maigrelet… Je me suis installé près de la fenêtre. Non pas à la place de Job – ça m'aurait gêné – mais en face, à la même table. Depuis le comptoir, Régina m'a appelé. Elle m'a mis la main sur le poignet. Ses yeux disaient : « Ça ira mieux plus tard, fais le gros dos. » Elle sentait tout, elle savait tout, elle comprenait tout, Régina. Comme Yann, elle me disait juste que je n'étais pas seul. Ce n'était pas le lieu, pas le moment pour répondre, et je ne pouvais pas non plus lui mentir. J'ai pris sa main, et je lui ai dit : « Job n'est pas là. »

Ce n'était pas mentir.

Elle est restée là, la main sur mon poignet ; Jeff s'est approché pour mieux entendre, à cause de la musique. Tom Waits chantait *Walzing Matilda*, et on avait poussé les tables.

« Va, tu n'es pas dedans. Va, va le voir, et dis-lui de venir nous rejoindre. Il a peut-être oublié. »

J'ai pris mes affaires ; et le temps que j'enfile mon manteau, elle me filait un bouquin : ça s'appelait *L'Angoisse du roi Salomon*.

« Prends ça, lis. Ça te fera du bien. »

Quand je suis parti, les jumeaux tentaient d'emmener tout le monde dehors : il fallait absolument qu'on saute tous du quai, à poil, avec des céphalothorax de langoustes aux avant-bras et quelqu'un pour filmer.

XVI

J'ai toqué.
« Entre », a dit Job.

En ouvrant la porte je me suis excusé : il était tard et c'était l'heure calme ; mais j'avais besoin de lui – et nous tous, les Partisans de la Langouste, et ses amis – tout le monde.

Il a redit « Entre, entre donc ». Et, pendant que je retirais mes chaussures : « Des nouvelles du capitaine Jean ? »

Aucune. Je n'avais pas écouté ma radio. Je m'apprêtais à répondre mais il m'a pris de court : « Moi, j'en ai. Jean, c'est son vrai nom. Il est toujours vivant et toujours capitaine. C'est une vieille bique ; il tient tête à tout et son équipage tient tête avec lui. Il existe, ils existent tous, ils font corps – et tu as eu du flair. »

La radio que je lui avais donnée était restée sur la table ; et *il l'avait branchée.*

Ça ne pouvait pas venir d'ailleurs.

Au Vorlen, on valsait.

J'avais envie de savoir ; mais j'avais une mission et je lui ai dit qu'ils l'attendaient. Qu'il y avait Jeff, et tous les autres, même Régina.

Il a souri : c'était « ils », ce qui voulait dire que je ne remonterais pas. Qu'on resterait donc ensemble. Puis il a rajouté « Attends là ». Allez dire non à ça. Il a viré son plaid et est allés fouiller au fond de la cuisine. Il a fait trois pas – tranquille, solide, de la table à la gazinière ; mais j'ai pu voir que sa jambe gauche avait presque totalement disparu. En prenant la bouteille, il s'est retourné : « Tu comprends pourquoi je ne pouvais pas venir, pourquoi je ne vais pas y aller ce soir. Je me suis réveillé ce matin comme ça, la guibolle en nuage. Je la sens, elle est toujours là ; je peux reposer dessus, et même sur elle seule ; mais on ne la voit presque plus. Ça fait désordre – et là, encore, c'est mieux que ce matin. »

Il fallait tout reprendre, depuis le début. Tenter de comprendre d'où venait cette étrange transparence. Repérer l'origine de la panne.

Je lui ai demandé si ça faisait mal, s'il sentait quelque chose, ou si sa sensibilité disparaissait elle aussi. Il ne notait rien de particulier, peut-être une très légère sensation d'anesthésie – et encore – c'était sans doute une illusion, un truc du cerveau pour digérer ce qu'il voyait. Il ne sentait, surtout, aucune différence notable entre sa jambe visible et celle qui, depuis ce matin, jouait à cache-cache.

Pourquoi pas tout le corps de manière uniforme ? Pourquoi une jambe et pas le ventre ou le torse ? Pourquoi cette jambe et pas l'autre ?

C'est là que m'est venue une nouvelle hypothèse, que je lui ai livrée tout de suite – sans réfléchir au fait qu'elle ne répondait pas aux questions que je me posais : peut-être disparaissait-il de ne pas agir, de ne pas s'engager avec nous, de se sentir inutile. Il n'était pas inutile, ce n'était pas vrai : on avait besoin de lui, de son expérience : avec ce qu'il avait vécu pendant toutes ces années il pouvait évidemment nous aider, et beaucoup plus qu'il ne le pensait. Surtout qu'il avait parlé au capitaine Jean...

« Je ne lui ai pas parlé, a rectifié Job. J'ai entendu les deux autres, *La Croix du Sud* et *La Curieuse*, c'est ça ? »

J'ai acquiescé.

« J'ai pris la parole, j'ai dit qui j'étais, et je leur ai causé de Jean. Leur ai posé des questions, pour savoir si c'était bien celui que j'avais connu. C'est lui. C'est bien lui, sans l'ombre d'un doute. L'homme qui ne débarque jamais. Je ne sais pas si je lui aurais parlé, de toute manière. Ce n'est pas forcément bon de remuer les vieilles choses : on ne sait jamais ce qui sortira du limon. On ne se méfie jamais assez des souvenirs. Cela dit, aucun risque :

ils m'ont confié que depuis presque une semaine, c'était silence radio. »

Il m'a expliqué que Jean était un sacré personnage – un de ceux qui avaient cherché Dimitri. De loin le plus opiniâtre de tous. S'il naviguait encore, c'était sans doute lié à ça, à cette course-poursuite qui l'avait tenu une vie entière, et partout sur le globe. Dimitri, c'était un peu son Graal, une espèce de Moby Dick, mais sans désir de vengeance ni soif de sang – avec, d'ailleurs, plus de volonté pour chercher que pour trouver. Job a souri : « Oui, je crois que si Jean avait retrouvé Dimitri, il se serait arrêté de naviguer. Il n'aurait sans doute même plus de raison de vivre. »

Il a continué, en donnant des détails qu'il considérait comme plus directement utiles : Jean avait un caractère orageux, une volonté de fer ; il était dur aux autres, dur au mal et pas facile d'accès. Mais son équipage se serait fait pendre pour lui. Deux Russes, notamment – ou Ukrainiens, il ne savait plus bien. S'ils étaient vivants, sûr qu'ils étaient encore à bord.

Il a fini par dire : « Jean, c'est un gars bien ; un écorché qui s'est cuirassé par-dessus. »

Un homme qui s'emparait, avec un équipage dévoué, d'un bateau pour ne pas le laisser détruire… On tenait un héros, peut-être un partenaire. Et ce n'était pas une barcasse : il s'emparait d'un géant des mers, rien que ça !

Je rêvais déjà de voir le *Pride of Maersk* aux couleurs des Partisans de la Langouste, de le voir patrouiller sur les frayères pour empêcher qu'on y pêche. Un justicier pas très maniable, certes, mais imposant. On pourrait même y loger des laboratoires de recherche, ou une pépinière de langoustes, pour repeupler… si le capitaine était un écorché, il devait forcément avoir pitié des espèces qui disparaissaient. Je rêvais, c'était très prématuré tout ça, je m'enflammais sur du vent – mais je ne pouvais rien y faire. C'était plus fort que moi.

J'avais envie de courir au Vorlen, mais j'ai réfléchi et je me suis rassis : ça aurait été stupide, vu l'heure, vu l'état. Ils n'auraient pas écouté. Ils étaient peut-être tous en train de sauter à l'eau, ou de se réchauffer à grands coups de grog. Il valait mieux attendre qu'ils aient les oreilles disponibles et le cerveau désembué.

La nuit chuintait.

On a entendu le moteur de Gilles tourner au ralenti.

J'ai demandé à Job s'il pouvait venir à l'atelier en fin de journée, vers cinq ou six heures, pour leur répéter ce qu'il m'avait dit à propos du capitaine Jean. C'était le bon créneau, fin de travail pour tout le monde, et pour moi le temps d'une sieste aussi. Je n'avais que quelques bricoles à finir. On avait besoin de lui, tous ; il n'imaginait pas comme sa parole était importante pour nous. Parce que c'était la voix de l'expérience – avec tout ce qu'il avait vécu, forcément. Je n'en savais rien, j'imaginais, bien sûr, mais quand même.

Il a regardé sa jambe, a levé les yeux vers moi avec un sourire, et il a répondu : « On verra. »

XVII

C'était couru d'avance : j'ai très peu dormi. Le matin, je me suis mis sur le moteur hors-bord en écoutant la radio.

Je nettoyais quelques pièces à l'essence quand c'est arrivé.

C'est tombé là, aux infos. Comme un coup de tonnerre.

S'agit-il d'une mutinerie ? d'un acte de piraterie ? L'équipage est-il complice ou retenu en otage ? Un épais mystère plane sur le Pride of Maersk, *dont on est sans nouvelles depuis maintenant six jours. Le porte-conteneur géant, d'une longueur de 397 mètres, croise en Méditerranée. À la suite d'un incendie qui avait gravement endommagé l'arrière du bâtiment, il venait d'être revendu à une compagnie indienne et devait rejoindre les chantiers d'Alang pour démantèlement.*

Vendredi dernier, un fax a été envoyé par le commandant de bord au siège de la compagnie, faisant état d'un refus de mission. Contacté par nos services, le porte-parole de la compagnie Maersk a refusé d'en divulguer le contenu exact. Il a précisé que depuis l'envoi du fax, aucune liaison radio n'avait pu être établie, et s'est abstenu de tout autre commentaire.

Le commandant de bord est quant à lui injoignable, sans que l'on puisse dire si les appareils de communication sont endommagés ou s'il a choisi le mutisme. Personnage au passé trouble, le capitaine Jean Le Du est connu des services de police et des douanes ; il a été impliqué dans de nombreux trafics et a purgé une peine…

J'ai foncé chez Job. Il écoutait lui aussi, et m'a fait signe de me taire ; puis, éteignant le poste avec ce calme si imperturbable qu'aujourd'hui encore y repenser m'effraie : « Je le sais, moi. Le capitaine Jean a purgé une peine pour un meurtre dont il ne s'est jamais remis, et dont il se punit encore tous les jours. Mais le monde est comme ça. Il lui faut un diable, un épouvantail, quelque chose qui fait frémir. »

Il parlait d'une voix sans colère – une voix qui semblait de l'autre côté des bonheurs et des malheurs d'une vie, elle aussi ; et je me suis demandé s'il ne disparaissait pas tout simplement par dégoût du monde. Comme si, fatigué, il avait décidé de ne plus en être.

Je lui ai demandé si ça le mettait en colère – et il a répondu qu'avant, oui, ça l'aurait révolté.

Avant.

J'ai prévenu les autres par téléphone, leur ai dit d'allumer le poste et leur ai donné rendez-vous à l'atelier.

Journée-serpent de mer. J'ai travaillé comme j'ai pu ; j'ai repensé à la nuit passée ; j'ai tondu avec application et essayé de dormir. Je songeais aussi aux pistes pour trouver la panne, pour comprendre pourquoi Job disparaissait.

J'ai écrit, sur un bout de papier, la liste des explications possibles.

Il disparaît parce qu'il refuse de s'engager dans le monde, en tout cas avec les Partisans de la Langouste.

Il disparaît parce qu'il vit dans la maison d'Armel comme un fantôme dans un sanctuaire.

Il disparaît parce que ce monde ne lui convient plus.

Une fois les premières évoquées, d'autres me sont venues, que j'ai notées tout de suite :

Il disparaît parce que quelque chose le fait disparaître.

Il disparaît non pas à cause d'un objet, mais à cause d'une acrobate réelle, quelqu'un qu'il a rencontré avant et dont la marionnette est un souvenir.

C'est son journal qui le fait disparaître : il disparaît au fur et à mesure qu'il l'écrit et aura disparu totalement le jour du point final.

Il disparaît parce que celui qui n'est que secret ne peut que disparaître.

Il disparaît parce qu'il est rentré.

Il disparaît parce qu'il entre enfin en paix avec le monde et avec lui-même.

Puis je me suis souvenu qu'on n'était que deux à voir cette disparition. Et j'ai ajouté :

Sa disparition m'est destinée, puisque je suis le seul à la voir.

Sa disparition n'existe que dans ma tête et la sienne, on est deux à dérailler.

Une dernière encore m'est venue. Je ne savais pas ce que ça voulait dire exactement ; elle s'est imposée, depuis des profondeurs que je peinais à percer :

Job disparaît parce qu'il a trouvé Dimitri.

*

Avec tout ça, l'heure de la sieste était passée depuis longtemps, et il a fallu se remettre au travail. C'était interminable ; tout contaminait tout. Je pensais à autre chose qu'à ce que je faisais – au capitaine Jean, à Job, à Gwen. Aux Partisans. À ce qu'on pourrait faire.

Le soir, Gwen est arrivée la première, comme toujours ; c'est curieux, quand on y songe, que celle d'entre nous qui paraît avoir dix ans de moins que tous les autres, celle qui pourrait se laisser chouchouter comme une enfant soit en fait la locomotive d'un troupeau de poids lourds comme nous... C'est aussi pour ça que tout le monde l'aime. Elle pourrait jouer de son charme de femme-enfant, et nous faire tous tourner en bourrique, au lieu de quoi sa force, sa passion et sa rigueur nous guident. Les autres se sont égrenés jusqu'à sept heures. Pour que tout le monde soit bien au courant, on a réécouté les infos à chaque fois ; et à chaque nouvelle écoute, les phrases de Job venaient habiller plus sûrement les informations sèches et brutales de la radio. Plus ça allait et moins je les aimais : il y avait, dans ce faux style de procès-verbal, quelque chose de sale – un mensonge plus grand que les autres parce qu'il se donnait des airs de vérité. On présente bien les faits qu'on veut. Pourquoi signaler que le capitaine Jean avait été condamné à de la prison, alors qu'il avait purgé sa peine, et que les raisons de sa condamnation n'avaient rien à voir avec son métier de capitaine ? Voilà ce que je me disais.

Le problème, c'est que j'étais seul à avoir entendu les paroles de Job, et il n'allait pas venir.

Eux, ils ne comprenaient pas pourquoi je m'exaltais autant. Gilles s'est même énervé : un mafieux, un repris de justice au passé louche vole un porte-conteneurs en Méditerranée, en quoi ça nous intéressait ? Il pouvait très bien en faire un studio de tournage, une plate-forme de trafic d'armes ou un grand bordel. J'ai demandé à Gilles s'il pouvait essayer de penser sans « bordel », « pute » ou « nichon », et Gwen nous a dit de nous calmer. Il n'y a qu'elle que tout le monde écoute.

J'ai repris mon calme et répété au mieux ce que Job m'avait dit : que Jean Le Du était un grand cœur, et qu'il ne fallait pas croire tout ce que disaient les médias. Je leur ai rappelé que la dernière fois, quand on avait découvert huit sangliers morts dans les algues vertes, la seule chose qu'ils avaient trouvé à dire c'était qu'on se demandait si les sangliers n'avaient pas bouffé du tue-limaces. Sans blague. On s'est quittés sans avoir avancé d'un pouce. Gwen est restée un peu à la fin. Elle voyait que j'étais triste, contrarié qu'au moment où on pouvait tenter quelque chose au lieu de causer, on se désunissait. On s'était même séparés tendus, presque fâchés. C'était à pleurer.

Elle a soupiré : « C'est plus facile de causer que de faire… c'est normal. Pour l'instant, on ne peut qu'attendre et voir – Gilles a un peu raison. On ne connaît pas ses intentions… On est impatients, je suis impatiente aussi… Mais pour agir il est trop tôt, tu comprends ? »

XVIII

Il suffisait d'un rien pour que tout commence, mais rien ne venait.

Semaine grise. Frustré que rien d'autre ne défraie la chronique du côté du capitaine Jean, agacé par la radio qui redonnait en boucle la même absence d'informations, triste parce que je m'en voulais d'avoir cru que Gwen… Triste qu'elle ne voie pas ce que je cachais de mon mieux, triste du silence obstiné de *La Croix du Sud* et de *La Curieuse* sur les ondes courtes, la nuit. Triste de ne pas savoir comment résoudre le problème de Job. Triste enfin parce que cette tristesse, je l'avais seul. Ni Gwen ni Job n'étaient tristes. Les autres non plus. Au fond de moi, la petite voix qui gueule de rester debout continuait ; mais elle répétait ça en boucle, sans trouver de bonnes raisons. Elle parlait pour parler, comme pour cacher son impuissance en répétant sans arrêt ce même ordre à la con : « Debout. »

Je ne suis pas allé à la réunion suivante. À la place, je suis allé voir Job ; il n'était pas chez lui. Il devait être là-bas, comme d'habitude, comme par hasard, à regarder le monde dans un reflet de vitre en rêvant à sa danseuse.

Le dimanche, je me suis décidé à sortir. Je suis allé marcher à la côte. En revenant je suis passé chez Régina. Elle était avec Irène, sur une banquette, dans la salle de restauration, devant un vieil album de photographies. Elles riaient. Ça aurait dû faire plaisir à voir mais je me suis juste senti exclu. J'ai fait mine d'avoir oublié quelque chose pour pouvoir repartir, mais Régina a dit : « Tiens, le voilà justement. Entre, viens me voir, mon grand. »

Je me suis assis au bout de la table, à côté d'elle. Je ne savais pas si elles parlaient vraiment de moi ou si c'était un truc pour m'attraper. Je ne voulais pas savoir de quoi elles parlaient. Je n'avais pas envie de savoir. Rien. Et je ne voulais rien dire, elle m'aurait tiré les vers du nez – ou, pire, elle m'aurait dit un truc gentil, un compliment ou quelque chose du genre, et j'étais trop mal pour ça.

C'était à se demander pourquoi j'étais venu.

Pour détourner l'attention j'ai dit que j'en avais marre ; ça ne détournait pas l'attention du tout. Je n'avais même pas la force de m'enfuir. Irène a fait le geste d'éteindre son micro, je lui ai fait signe que non, le monde entier pouvait bien entendre, après tout, il y en avait peut-être d'autres comme moi, j'ai entendu ma voix dérailler, je gueulais que c'était insupportable d'avoir en soi tellement d'amour et personne ni rien à qui le donner, rien, que quand on était aussi nul c'était normal que personne n'en veuille, ou alors c'était le monde qui était tellement pourri qu'il n'avait pas besoin d'amour, que je ne savais pas comment réparer les humains, seulement les objets, et que la plupart des humains s'en foutaient de toute façon puisqu'ils les jetaient, leurs objets, et qu'on jetait bien les humains aussi. Ça sortait comme on vomit. J'ai gueulé longtemps, tripes et boyaux, jusqu'à essorage complet. Je ne sais même plus comment ça s'est calmé. Quand j'ai rouvert les yeux, c'était comme si j'avais dormi. J'avais la tête sur les genoux de Régina et le nez plein de morve. Je me suis redressé. Irène n'était plus là. Régina m'a dit qu'elle me comprenait, qu'il fallait que je dorme, que la nuit portait conseil. Que je pouvais rester ici et m'installer sur la banquette, ou dans l'autre chambre. Sa main de vieille pleine de cals et d'os était posée sur mon crâne, et elle m'a récité tout doucement un poème dans lequel un homme disait qu'il ne pourrait jamais dormir tranquille tant que d'autres auraient faim et souffriraient, puis chantait son amour à une fille qui rassemblait tous les hommes et qu'il tenait par la main.

Je me suis réveillé le lendemain avec le clair soleil de juin qui donnait sur les baies vitrées. Sommeil sans rêves. Régina m'a apporté un plateau avec son « petit déjeuner complet », celui qu'on ne peut pas finir : le pot de café, les confitures maison, le beurre, les crêpes, le jus d'orange, un croissant, une montagne de pain grillé et deux œufs sur le plat… J'avais dû manger très peu les jours d'avant : j'ai tout englouti.

« Un plaisir ne vient jamais seul », a dit Régina en posant le journal sur la table. En première page, il y avait une photo de porte-conteneurs, et ce titre :

Après deux semaines de silence,
la lumière enfin faite sur
la disparition du *Pride of Maersk*
(voir p. 2 & 3).

J'ai ouvert.

***Pride of Maersk* :**
un pavé dans la mer

Hier, le commandant à bord du *Pride of Maersk* a envoyé aux agences de presse et aux gouvernements d'Europe le message suivant :

« Le Pride of Maersk *n'a pas été victime d'un acte de piraterie : la piraterie se fait pour son propre bénéfice, c'est même comme ça qu'on la définit. On croise toujours en Méditerranée.*

« L'équipage est sain et sauf. Il est constitué de volontaires et notre action est collective : nous refusons de voir démanteler un bâtiment en parfait état de marche, et nous déclarons par la présente que nous avons décidé de faire vivre ce bateau promis à la casse, et de le rendre utile à des tâches nobles. S'il avait fallu agir illégalement, nous l'aurions fait sans aucune hésitation.

« Quelques dizaines de milliers d'hommes, de femmes et d'enfants, que 500 millions d'Européens disent ne pas pouvoir accueillir, risquent chaque jour leur vie pour fuir l'enfer et meurent en mer. Ce bateau est désormais destiné à leur offrir une escale ou un havre, et suppléant aux incuries volontaires des États que nous incriminons, nous l'avons rebaptisé

Shame of Europe.

*« Nous avons, je le répète, agi en toute légalité. Nous avons fait part de nos intentions à Monsieur Srinivasan K***, son actuel propriétaire. Il a accepté de nous céder le bâtiment pour un euro symbolique, ce que confirme le document officiel que je joins à notre déclaration.*

« Au large du golfe de Gabès, à la frontière des zones SAR libyenne et maltaise, il y a un haut-fond où nous avons jeté l'ancre. Par 34°20'0 de latitude nord et 011°57'0 de longitude est (inutile d'être plus précis, et on bougera parfois dans cette zone), il existe désormais un navire que nous décrétons État libre. À partir d'aujourd'hui, on va y accueillir celles et ceux qui en ont besoin, dans la limite des places dont on dispose et des conditions qu'on peut leur offrir. Nous avons commencé des aménagements. Ils sont

encore spartiates mais nous ne doutons pas du mouvement d'entraide que suscitera notre action.

« Nous appelons ceux qui le peuvent et qui désirent agir en hommes libres à nous aider. Nous aurons besoin de nourriture, de matériel médical, de métal et de bois ; de lits et de hamacs ; de vêtements, de draps et de couvertures ; mais aussi de volontaires : médecins, plombiers, agriculteurs, professeurs, traducteurs, et tous ceux qui voudront mettre leurs mains et leurs compétences au service de notre cause.

« Nous précisons pour finir que nous n'agissons pas par charité mais parce que nous souhaitons rester dignes du nom d'homme. »

Derrière le vindicatif pied de nez d'un groupe mal identifié se posent évidemment des problèmes politiques et juridiques : s'il est vrai que…

*

Je ne suis pas allé plus loin.

XIX

Je n'ai prévenu personne.

Je suis allé marcher et courir face au vent, sur le sentier de douane, aussi loin que j'ai pu, aussi loin que me le permettait la dizaine d'heures qui me séparait du soir. J'aurais pu courir encore toute la nuit. Quand je me suis arrêté, j'étais déjà tellement loin qu'il n'était plus question de revenir à pied.

J'ai fait du stop pour rentrer à temps.

Dans la voiture, à la radio, on parlait aussi du *Shame of Europe*, et de la déclaration du capitaine Jean. Le conducteur a commenté : « C'est une bonne idée. » Je m'apprêtais à expliquer qu'on voulait les aider, quand il a continué : « Ouais, c'est une bonne idée : tant mieux, comme ça ils débarquent pas chez nous, tous les négros, les extrémistes, les Daech et compagnie, un camp en haute mer c'est ça qu'il leur faut. Les bougnoules ça va bien un peu. »

Je me suis dit que ça allait être compliqué de discuter ; et dans le silence épais qui a suivi, j'ai bien réfléchi. Je n'avais pas vu ça comme ça. Du tout.

*

Quand j'ai passé la porte, Gwen s'est élancée vers moi, et avant même que j'aie pu sortir le journal de derrière mon dos elle m'a demandé : « Tu as lu l'article ? »

Derrière elle, ça gueulait tellement dans tous les sens que Jeff avait coupé la musique.

Job n'était pas là.

J'ai posé le journal sur la table ; il y en avait déjà trois exemplaires – dont un ouvert devant les jumeaux, à la page des sports.

C'était bon d'être là. Les yeux de Gwen brillaient. Il faut choper le bonheur à la nuque, si on veut rester debout. Ça, c'est une bonne recette. Mais moi, je n'y arrive pas. Alors le bonheur, je le regarde au vol, ça dure moins, mais c'est précieux : sinon, c'est peine à tous les étages, regrets, ressassements, et on se laisse envahir par la tristesse – cette glu froide.

« On les rejoint ! a dit Bic. Maintenant, on peut le faire. » Il avait de l'enthousiasme. J'en avais aussi, mais l'incident du retour me travaillait ; alors, je leur ai raconté mon voyage en stop. Ils sont restés comme moi, interdits, avec des yeux dans le vague et les dents qui, bouches fermées, mordaient un peu partout.

On y a passé la soirée, et la semaine – mais ça n'a pas suffi. On se demandait toujours quoi faire, et comment, et si l'idée du *Shame of Europe* était une bonne idée. Sur les ondes, dans la presse, partout, ça s'est emballé, on ne parlait plus que de ça : *ça faisait polémique*, « tout le monde s'accordait à le dire ».

Nous, on ne s'y retrouvait pas. Il y avait ceux qui affirmaient, haineux ou très calmes, que c'était très bien, qu'il fallait même y renvoyer ceux qui étaient déjà ici ; il y avait les ONG qui s'étaient mises à aider un allié improbable, et celles qui hurlaient à la colonie concentrationnaire, au sabotage de leur travail, au crime ; il y avait ceux qui prétendaient que l'équipage bossait pour l'Europe fasciste et ceux qui jubilaient parce qu'ils mettaient à l'Europe son nez dans sa merde. On entendait que c'était l'anarchie, la fin de l'État de droit ; une belle aventure ou un scandale ; les politiques eux-mêmes s'écharpaient, tout en gardant les mêmes méthodes, les mêmes mots creux, la même mollesse bien planquée derrière la formule qui claque. De tous bords, les mêmes formules, toujours : « des irresponsables », « dans un État de droit », « la démocratie », « sauvegarder ce qui », « humanitaire », « fraternité » – j'en passe. Le meilleur, c'était « dans la dignité ».

Sans blague.

C'était un beau bordel. Et dans cette cohue, des voix parlaient même d'un « formidable marché ».

Le problème, pour nous, c'était que les défenseurs du *Shame of Europe* et ceux qui hurlaient contre n'étaient pas toujours ceux qu'on croyait.

*

Pendant cette période, on ne voyait presque plus Job ; il n'était pas seulement un peu transparent, il devenait insaisissable. Peut-être que notre agitation le fatiguait. J'ai fini par aller le débusquer chez lui. Quand il m'a dit d'entrer, j'ai reconnu à sa voix qu'il avait deviné que c'était moi. Il avait l'air content de me voir. Il était installé à sa place habituelle, sous la fenêtre, très calme, très silencieux, avec un grand samovar de thé. Il avait son carnet ouvert devant lui, stylo et danseuse à main droite, et le cylindre de ferraille posé comme presse-papier sur les pages de gauche. À droite il ne lui restait plus que quelques feuillets, minces, sages. Je lui ai raconté tout ce qui s'était passé, sans lui parler de Gwen, sans lui dire que j'avais cru qu'elle m'aimait elle aussi ; je lui ai juste dit qu'il m'avait manqué, et, pour dédramatiser, que j'avais craint qu'il soit devenu complètement transparent. J'ai regretté, ça ne dédramatisait rien du tout – mais il a souri, presque rigolé même : « Non, tu vois. Pas encore. »

De fait, il semblait s'être stabilisé dans un entre-deux, sa jambe revenue au même niveau que le reste du corps. Il avait ce degré de transparence qu'ont les fœtus, dans certaines images : on pouvait deviner la pénombre des os, quelques veines. Du côté des pieds, c'était plus fantomatique. C'était clair, il disparaissait par le bas ; mais je n'y trouvais aucune explication.

Je me suis assis, et j'ai pris le thé qu'il m'offrait sans qu'on ait besoin d'échanger un mot. Ce degré de complicité, c'est très reposant.

Je lui ai demandé comment il se sentait. Comme d'habitude. Rien de neuf. Pour le reste, la déclaration du capitaine Jean, les réactions, il semblait au courant. Je lui ai expliqué que j'avais du mal à m'y retrouver ; que ce qui m'étonnait, surtout, c'était de voir à quel point n'importe qui, n'importe quel abruti pouvait avoir voix au chapitre et porter sur une question qui le dépassait un jugement aussi péremptoire. Peut-être simplement parce que c'était la première fois que je m'intéressais de près à un sujet qui d'un coup semblait intéresser tout le monde. Les politiques, les philosophes, d'éminents spécialistes de la région, ou n'importe quel con venu de nulle part, tout le monde avait son mot à dire, tout le monde voulait le dire, et c'était comme si l'avis de chacun comptait de la même manière. Comme s'il n'existait aucun avis meilleur qu'un autre, comme si tout se valait.

Je lui ai dit aussi que les gens pour et les gens contre n'étaient pas forcément ceux qu'on croyait, et que du coup, on hésitait.

Je ne m'attendais pas à ce qu'il réponde – et c'est pourtant ce qu'il a fait : « Il y a toujours des gens qui commentent, et des gens qui font. Pour savoir si ce que fait le capitaine Jean est bien, il faut juger sur pièces. L'intention, le geste, et ceux qui les reçoivent. Le reste, c'est du vent. »

Job, donc, n'avait plus que quelques pages libres dans son grand cahier, une mince pellicule de feuilles encore serrées, qui contrastaient sur la tranche avec l'épaisse masse gaufrée de celles qu'il avait noircies.

En voyant à quel point la réserve de pages libres était mince, c'est devenu une idée fixe, urgente – une obsession. *Il arrivait au bout.* Je ne savais pas ce qu'il consignait ; je ne le lui avais jamais demandé ; peut-être parce que évidemment c'était sa vie, ses souvenirs, ou peut-être l'histoire de cette danseuse, cette acrobate… quelque chose du genre.

Il y a un film dans lequel un ange que personne ne voit tombe amoureux d'une acrobate. Je ne pouvais pas m'empêcher de faire le parallèle.

Il arrivait au bout.

*

Je me demandais pourquoi Job écrivait sa vie. L'idée qu'il pouvait écrire autre chose ne m'effleurait pas. Mettons que ce soit pour laisser une trace. Mais alors, puisque la trace est sur le papier, on peut bien disparaître soi-même, non ? Des espèces de vases communicants. En tout cas, c'était dense : pas une ligne blanche, pas de marge. Un grand fleuve.

Peut-être était-ce dans le but précis de disparaître qu'il écrivait. Pour se décharger, se dénuder, se curer jusqu'à l'os, se débarrasser de tout. Tout foutre dans un cahier pour se vider de soi. La grande chasse d'eau.

J'avais pourtant du mal à croire qu'il veuille laisser une quelconque trace ; et j'avais encore plus de mal à imaginer *pour qui*.

Job était seul. Toujours seul. Radicalement, infiniment seul.

N'importe qui pouvait voir ça.

Job était loin de tout et de tous, muré dans une forteresse de solitude, avec une acrobate, un bout de ferraille et son carnet. Il était reclus dans une maison mausolée, et dans un port qui n'était plus qu'un souvenir pour lui.

Je lui ai proposé d'aller se promener le long de la côte. C'était un jour radieux de soleil et de vent frais. On a fini par arriver à la pointe où on s'était parlé, au début, le jour où j'avais vu Gwen se baigner. Sans se dire un mot, on s'est arrêtés. Et chacun pour soi, chacun dans son silence, tous les deux enveloppés du vent qui nous ronflait aux oreilles, on est restés là, à regarder la mer très bleue, très nette, moutonner au large, et les blanches franges d'écume qui grondaient autour des roches. Lorsque je lui ai proposé de continuer, je me suis rendu compte qu'on était assis, l'un comme l'autre et chacun dans son coin – comme la première fois.

Gwen…

Il devait y penser, de son côté.

J'ai fermé les yeux pour mieux entendre la mer et le vent.

Gwen. Et les Partisans… les animaux qu'on crève, ceux qu'on peut aider ; les services qu'on rend, les sourires qui s'offrent ; les joues de Régina, l'espiègle, la dure au mal, comme des pommes cuites ; et le capitaine Jean, et ces heures lointaines où Job l'avait connu ; et ce qui désormais, sur un haut-fond au large de Gabès, frémissait comme une ruche et bourdonnait d'espoirs, jusqu'ici – tout se mêlait sans suite, aussi vaguement, aussi inextricablement que les pensées se tissent l'une à l'autre, quand on entre en lisière du sommeil.

J'ai laissé faire.

Quand on est repartis, c'était comme si le vent avait lavé Job de l'intérieur et l'avait vidé de sa substance.

Alors qu'une petite flamme semblait s'éteindre en lui, un grand feu s'allumait, là-bas.

XX

Désormais, on parlait du *Shame of Europe* tous les jours, à la télévision, sur Internet, partout. Et tous les jours, on voyait la même vidéo, en boucle, vue du ciel : on tournait au-dessus du navire et on découvrait contre lui un bateau de fortune, minuscule, dérisoire, et quelques réfugiés hagards, pas plus gros que des fourmis, qui montaient à bord par une échelle de coupée. Il y avait aussi d'autres séquences qui montraient « les premières aides » – c'est ce que disaient les commentaires : des bateaux de pêche contre l'immense flanc bleu ; un vraquier à couple avec un chargement de terre, des hommes qui portaient des cartons ou de grands bastaings de bois ; un gros plan aussi, fixe, sur le nom repeint à la poupe. Mais chaque jour, sur ces mêmes bribes d'images, on disait des choses nouvelles. On parlait d'élan, d'un *phénomène* ; on donnait des chiffres. Ça fait tout de suite concret, les chiffres.

Les premières aides, elles étaient venues très vite. De Gabès, de Zarzis et d'ailleurs, les marins s'étaient donné le mot. Eux qui n'avaient pas grand-chose et qui vivaient de peu, ils avaient tracé une voie. Et tranquillement avec ça, sans donner de leçon. On n'avait désormais plus de doute sur ce qu'on voulait faire. Une fois sur place, on verrait bien comment.

Et puis, Bic a eu son premier embarquement. Le convoyage d'un chalutier, l'*Oceania*, des Sables-d'Olonne à Hendaye. On y a tous vu l'occasion rêvée, évidemment ; mais c'est seul que Bic a pris sa décision. Et il l'a prise sereinement – il savait pourtant qu'il se cramait pour une vie : l'*Oceania* ne faisait peut-être pas quatre cents mètres, mais elle sortait tout droit des chantiers. Elle était neuve, et pas à lui.

Il avait simplement dit : « L'armateur, c'est un grand groupe. C'est pas pareil. »

C'était sans appel.

Le plan était simple : il prenait son commandement et quittait Les Sables avec le second et les deux mécanos, embauchés eux aussi pour le convoyage. Au large, quelque part dans le golfe de Gascogne, Gilles le rejoignait, toute la troupe à son bord. C'était serré : le *Arvar ha kalon* ne faisait que dix mètres ; mais les jumeaux avaient dit en rigolant que vu les conditions pour ceux qui quittaient les côtes libyennes, c'était un peu comme une croisière de luxe.

Au large, on proposait aux trois hommes du convoyage de rester avec nous, ou de se faire débarquer par Gilles – en douceur, et avec les honneurs. Bien sûr. Puis on faisait route à deux bateaux jusqu'au golfe de Gabès, sans passer par Hendaye.

Il restait quelques jours pour la logistique et pour prévenir ceux qui devaient l'être. Il ne fallait pas qu'ils s'inquiètent et qu'ils lancent une opération de recherche. On ne dirait pas tout, bien sûr ; juste ce qu'il fallait pour que tout le monde soit tranquille.

C'est là que j'ai décidé de rester.

M'imaginer vivre en vase clos, avec elle tout près, toujours, c'était trop pour moi. Je n'avais pas la force de respirer le même air qu'elle, de la savoir là tout le temps, de vivre près de ses grands yeux, de son visage d'amande fraîche et du grand fouillis de ses cheveux noirs ; je me serais rappelé sans cesse que dans l'eau, ils ondulaient avec la grâce des méduses. Je n'avais pas le courage d'affronter la douceur tranquille de sa tendresse, son parfum, sa silhouette enfantine au détour d'une coursive : je m'étais laissé piéger déjà une fois par l'espoir d'autre chose.

Je fuyais, en restant ; mais fuir n'est pas forcément lâche. Il m'a même fallu beaucoup de courage : j'ai, en restant, résisté à l'appel du gouffre. J'ai marché un temps au bord, et décidé de ne pas plonger. Là-bas, j'en aurais crevé…

Ce soir-là, quand ils ont quitté le Vorlen, tous bras dessus, bras dessous, je n'ai pas suivi. La porte s'est refermée derrière eux, et Régina m'a pris l'avant-bras comme elle faisait souvent :

— Et toi, mon mignon, tu n'y vas pas ?

— Non, j'ai dit, je reste un peu avec vous. »

Et j'ai ajouté que j'allais y aller bientôt, que je ne restais pas. Les vieux, faut leur foutre la paix, des fois ils aiment bien être entre eux, eux aussi. Il n'y a pas de raison.

Job avait le regard qui faisait la navette entre l'ici-maintenant et le très lointain. C'est lui qui a dit que je ne les dérangeais pas. Et Régina a renchéri : « On est bien avec toi, nous les vieux, mon petit coco. Et tu sais bien que ce n'est pas de *ce soir* que je parle. Tu n'as rien dit, oh non, tu n'as rien dit mais moi j'ai bien vu : tu ne vas pas embarquer, n'est-ce pas ? »

J'ai expliqué que c'était une question d'utilité, que j'avais très envie d'y aller mais que j'avais des choses à faire ici aussi. Et comme le trio des anciens avait l'air de ne pas me croire, ou de ne pas être dupe, ou de croire que j'étais en train de me mentir, j'ai dit que toute décision méritait de réfléchir, et surtout celles qui paraissaient évidentes, que j'aiderais à la préparation du voyage, du bateau, les radios, les vivres, tout – et que je me fierais à ce que la minute me dicterait, au final, parce qu'il y avait l'aventure, oui, et l'envie de servir à quelque chose, mais que peut-être je serais utile aussi en prenant soin de tout ce qu'ils laissaient, et de leurs proches.

Je pouvais, par exemple, m'occuper de l'école de surf des jumeaux, de l'atelier de Yann ; des baraques ou des piaules des uns et des autres – mettre ce qu'il fallait en location, ou à disposition, ou juste entretenir, selon ce qu'ils souhaiteraient. Et puis, je pouvais faire la transmission, donner ici des nouvelles à ceux qui en demanderaient, leur donner là-bas des nouvelles d'ici – bref, faire le lien.

Jeff a dit : « Malgré tout, j'espère que c'est pas pour de mauvaises raisons que tu restes. » D'un coup je me suis senti plus transparent que Job, tout lisible en dedans. En même temps, la remarque de Jeff n'était pas une question, elle n'attendait aucune réponse. Il jetait ça là, j'en faisais ce que je voulais. Malin.

On a fini nos verres nous aussi et je suis rentré avec Job. La nuit était claire, le vent était tombé. On a marché sans hâte mais sans traîner, chacun pour soi mais ensemble, nos souffles posés sur la grande respiration de la mer. On s'est dit au revoir sur le pas de sa porte, au revoir et à demain. Chacun savait que « demain » ne serait pas de l'autre côté du sommeil.

*

On a vérifié et entretenu tout ce qui devait l'être sur le *Arvar ha kalon.* Gilles était très soigneux, il n'y avait pas grand-chose à faire sur son langoustier, on s'en doutait ; son moteur était un vrai bijou. On a quand même préparé une caisse, à partir d'une petite liste qu'il m'avait faite : un alternateur, deux courroies, des filtres à gasoil et à huile, de la chambre à air et des durites. Sa caisse à outils, c'était un truc de maniaque. Il n'y manquait rien, tout rutilait, chaque chose à sa place. J'ai insisté pour lui filer un peu de ferraille et un petit tour mais il était chargé à bloc et il a refusé ; par contre, il voulait bien qu'on vérifie sa voile de fortune, qui n'avait jamais servi. Pendant ce temps-là, Yann a bâti des couchettes dans la soute avant ; et dans la cabine de pilotage, j'ai installé l'un de mes meilleurs postes à ondes courtes à côté de la radio VHF. La soute arrière était pleine de vivres – du frais. Ils pêcheraient en route.

Il restait deux jours avant le départ, un seul pour Bic qui voulait faire un essai en mer pour tout vérifier. Ça a été le défilé à l'atelier : des trucs à bidouiller, à graisser, à étalonner… des coups de pouce, des petits riens. On a trouvé une caisse étanche pour le matériel d'Irène, pris soin de trois profondimètres et de trois détendeurs que Gwen voulait absolument emporter. On n'avait pas la place pour plus, mais elle se disait que ça pouvait servir. Je lui ai dit : « Tu as raison, j'aurais fait pareil. »

Elle a relevé la tête, et j'ai compris ce que je venais d'avouer. Il y a eu un long silence, elle s'est relevée tout entière, cette fois, de tout le buste, lentement, sans cesser de me regarder : « Tu ne pars pas ? » Ses yeux immenses me regardaient, j'ai cru voir passer très vite de la surprise, de la tristesse, de l'acceptation… j'ai cru voir passer des choses que je souhaitais. J'ai été pris de panique.

Je ne voulais pas qu'elle croie que c'était par lâcheté, que je les abandonnais faute de courage. Je ne les abandonnais pas faute de courage. En tout cas pas de cette sorte de courage-là.

J'ai dit : « Non, il faut quelqu'un pour rester ici. Je prendrai soin de toi, de vous je veux dire, de vous tous, de vos proches et de vos affaires, ici. Je reste avec Job. »

Tout ça, c'étaient des vraies raisons.

Gwen m'a demandé si j'étais sûr, si je ne regretterais pas ; et j'ai répété « non », sans trop la regarder.

Elle a dit « je comprends ».

XXI

Aux autres aussi, il a fallu annoncer que je ne partais pas. La veille, mes sacs n'étaient toujours pas à bord, ils devaient bien s'en douter. Alors au Vorlen, je leur ai expliqué les raisons, j'ai dit à chacun ce que je pouvais faire pour lui : Gwen, sa maison, sa tortue, son potager. Yann, l'atelier, le chien, l'entretien, le bois. L'école de surf des jumeaux, les bonsaïs dans la piaule de Gilles, l'aquarium de Bic, j'en passe. J'avais installé la radio pour qu'on puisse communiquer à tout moment, et je resterais branché jour et nuit. Je leur ai dit que je m'occuperais de voir leurs proches, les parents, pour leur donner des nouvelles. Qu'ici et même ailleurs, on verrait qu'on n'était pas restés à se tourner les pouces, que les Partisans de la Langouste c'était pas du flan ; et que le village pouvait être fier de nous. Et comme ça commençait à sentir les trémolos pour tout le monde, j'ai commandé une tournée. Tous, verre en main, on s'est mis debout. Jeff a quitté sa tanière de boutanches, Job sa table ; on a gueulé « Aux Partisans de la Langouste ! » et cul sec.

Tout était paré pour le lendemain matin, mais Gilles a décidé qu'on quitterait le soir même, comme Bic. De toute façon, tout était prêt. On beuglait, on rigolait, peut-être un peu trop fort, peut-être un peu forcé ; dans la cohue, Heckel et Jeckel sont venus me voir pour me remercier : ils n'y avaient pas pensé, au club de surf, et c'était sympa aussi pour leurs parents, surtout leur maman qui s'inquiétait tout le temps de tout… Sacrés gaziers. Tous, les uns, les autres, ils sont venus me dire merci. Gwen m'a même dit que j'étais *vraiment un gars bien*. Comme Jeff était là aussi, et qu'il a acquiescé, j'ai tenu. J'ai dit qu'elle aurait fait pareil et que c'est Régina qui avait eu l'idée. Il me restait encore un peu de force.

Pendant que les autres trinquaient, Yann s'est approché : « Moi, je sais pourquoi tu restes. J'aurais fait pareil. On fera gaffe à elle. » Alors je lui ai demandé, pour les autres ; et il a répondu : « Ils doivent bien se douter aussi, va. On te connaît, tu sais. » Il a commandé une tournée ; et pour passer à autre chose : « Ça rend service, ce que tu proposes. » On a trinqué.

Comme un somnambule, je suis allé près de Job à l'angle du comptoir, et je lui ai dit que j'étais content aussi de rester parce qu'il était là. Il m'a regardé, et il a souri d'un sourire léger, mais avec un regard très profond. Je voyais le bord de son verre au travers de son pouce.

Il n'était pas question de partir saoul, et Jeff a dit qu'il y avait une petite surprise en bas, à l'Hôtel du Port. On est descendus, sans faire trop d'éclat mais sans faire trop les discrets non plus, comme d'habitude, histoire que dans le village personne ne se doute de rien. Régina avait pris de l'avance et nous attendait dans la salle. Elle avait dressé une grande tablée, sur laquelle trônaient deux énormes chaudrons de homard et une montagne de riz.

« À table les cocos ! Un sac vide ne tient pas debout ! Et du comme ça, c'est pas là-bas que vous en goûterez d'autre. »

Gwen m'a demandé de m'installer près d'elle. Un tout petit instant, très court, elle a posé sa tête contre mon épaule pour me dire que j'allais lui manquer. J'ai senti les boucles de ses cheveux me caresser, et son parfum.

Gilles s'est installé en bout de table, et il a dit : « Merci, tantine. En tant que futur maître à bord et désormais collègue de Captain Maigrelet, je me sers un grand verre d'eau – et je jure solennellement de ne pas faire de blagues lourdes alors que j'ai à bord deux filles exceptionnelles. »

Ça a été le truc de trop, c'est monté direct au nez et ça m'a rempli les yeux. J'avais réussi à tenir et c'est lui qui me mettait le coup de grâce. Je lui ai dit qu'il était un sacré corniaud, et que ça m'étonnait pas de lui cet effort, mais qu'il tiendrait jamais.

On a rigolé, tous. J'avais encore de la force.

Gilles a lancé le signal du départ : la marée n'attendait pas, il fallait y aller.

Régina a encore trottiné en cuisine, d'où elle est ressortie avec une énorme panière : « Pain, crêpes, beurre et confiture pour demain. Et maintenant, les cocos, hop ! en route ! »

Sur le quai, Bic a pris sa part avant de s'installer au volant. Trois coups de klaxon et il a disparu dans la nuit.

Les autres sont montés à bord.

J'ai dit « Bon vent », et que j'allais vite à l'atelier pour une liaison radio. J'arrivais au bout.

Il fallait tenir.

Job, Jeff et Regina étaient sur le quai, à regarder s'éloigner les feux de Gilles ; je leur ai souhaité une bonne nuit, j'ai remercié Régina et Jeff ; j'ai serré Job dans mes bras, et j'ai rebroussé chemin jusqu'à l'atelier.

Encore un peu de courage, juste pour la radio…

— Arvar ha kalonek, Arvar ha kalonek *de l'atelier.*

— *Ça marche bien : on te reçoit fort et clair*, a répondu Gilles.

— *Bon vent, bande de moules. Je me charge d'ici.*

— *Bon vent, vieux frère.*

— *Sois prudent, Gilles.*

Et j'ai rajouté :

— *Tu as un trésor à bord.*

J'ai coupé la radio. La peine m'a mordu la gorge comme un fauve.

J'étais incapable d'aller dormir ; alors je me suis mis à ranger l'atelier, avec une minutie de somnambule ; mais très vite je n'ai plus eu la force. La voix qui gueulait de rester debout se taisait, vaincue. J'ai éteint les lumières, et je me suis allongé sur la banquette, avec sur la poitrine tout ce que je pouvais de coussins et tout ce que j'aurais voulu dire à Gwen.

J'aurais voulu lui dire que chaque chose que je faisais, c'était pour qu'elle soit fière de moi ; que rien d'autre ne m'intéressait, que dans tous les sourires des gens à qui je rendais service, il y avait le sien ; que j'aimais tout d'elle, sa pudeur, et sa droiture, et sa manière de plisser ses grands yeux noirs quand elle souriait. Mais maintenant, elle était partie.

J'aurais voulu lui dire que je l'aimais à ne pas supporter le malheur des autres, que je l'aimais à ne pas oser la regarder et que je l'avais pourtant vue, un jour, se baigner dans la crique ; et que je n'avais jamais rien vu de plus beau de toute ma vie. Que je m'endormais avec elle, que dans le silence de la nuit je l'imaginais, ses paupières de chat fermées sous la lune, sa respiration calme. Que je me réveillais en pensant que peut-être, j'allais avoir la chance de la voir. Mais maintenant, elle était partie. Elle m'habitait, elle était avec moi, derrière moi, à chaque moment. Gwen, c'est tout ce que j'ai de riche en moi ; et le monde, je n'ai jamais voulu le rendre meilleur que pour elle, pour qu'il lui soit plus doux.

Mais c'était trop tard. Elle était partie, et c'était trop tard.

XXII

Après le départ, on prenait des nouvelles tous les soirs, à heure fixe. Ils s'étaient retrouvés à l'est du plateau de Rochebonne, avaient embarqué à bord de l'*Oceania*, où le second mécano était resté avec eux ; Gilles avait raccompagné les deux autres aux Sables-d'Olonne avec le *Arvar ha kalon*, et il était revenu. Yann était avec lui ; les filles et les jumeaux avec Bic et le second mécano, un gars sympa, qui s'était intégré très vite ; il avait bien plu à Gilles qui m'avait dit : « Je l'ai vu à mon bord : il connaît son affaire, c'est un bon. » Pour que quelqu'un lui fasse bonne impression quand il s'agissait de son bord, ça devait vraiment être une perle : personne n'était jamais assez sérieux pour lui.

De mon côté, je tâchais de me rendre utile ici, comme promis ; j'avais déjà vu les familles, je leur avais même préparé un petit apéro à l'atelier le lendemain du départ. C'était important parce qu'au port, ça jasait sur la disparition de Gilles. J'ai proposé à la mère des jumeaux de repasser quand elle voulait pour une liaison radio. Ça lui faisait du bien d'entendre ses gaziers de fistons, même s'ils ne disaient rien sur leur destination. Et moi, ça me faisait du bien aussi, ces courts moments – les visites, les conversations. Ça occupait le silence qui, sinon, s'étendait jusqu'à tout imprégner.

Hendaye, puis Gibraltar ont vite été derrière eux ; ils s'approchaient désormais de la zone – et lorsqu'on se causait, avec Bic, je sentais à sa voix qu'il commençait à s'angoisser à cause des poursuites possibles. Une nuit, alors que les autres dormaient, il m'a dit qu'il n'était pas question de renoncer, mais qu'il faudrait rendre le bateau, parce qu'il voulait aider, mais pas finir en taule pour vol. Je comprenais – et, c'était sûr, tout le monde comprendrait. Le problème c'est qu'il ne voulait pas se faire choper, et que pour rendre le bateau, il fallait bien aller le convoyer jusqu'à un port. Puis il a dit qu'il allait tenter le tout pour le tout. Il avait raison mais je m'inquiétais quand même : je me demandais ce qu'il pouvait bien espérer sauver de la situation. Il n'a pas voulu dire.

Les jours ont succédé aux jours. Chacun réservait le meilleur de soi pour le petit moment des voix, ce moment face auquel le reste, ici, n'était plus que silence. La vie a pris cette teinte étrange, comme quand on nettoie la salle vide après le départ des copains, les oreilles pleines encore de la fête ; bien sûr, avec le temps, ça a fini par se tasser. L'essentiel des journées se passait entre le boulot, les visites et les promenades avec Job. Quelques moments aussi avec Jeff ou Régina, qui montait plus souvent là-haut, quand ce n'était pas Jeff qui descendait. Notre aventure semblait les rapprocher – peut-être qu'ils se serraient les coudes pour se sentir moins seuls, maintenant que la clique n'était plus là. Faut dire qu'on prenait de la place. Maintenant, le vide s'était posé sur nous comme une poussière fine. Et pas seulement à l'atelier.

Mes radios, mes compagnes, que j'écoutais comme une musique, mes radios qui chantaient au hasard des fréquences et laissaient éclore dans la nuit des voix inconnues, un fil invisible me reliait désormais sans cesse à elles. Pour pouvoir rester libre de mes mouvements, et parce que ça disait bien à Jeff et Régina, j'en avais installé une au Vorlen et une à l'Hôtel du Port, dans la cuisine.

Celle qui, à l'atelier, servait pour nos liaisons du soir restait toujours branchée. Chaque jour, j'attendais, guettant à tout hasard une communication impromptue ; et quand venait l'heure, je craignais d'entendre la voix de Gwen. Je l'espérais pourtant. Si je l'entendais, ça bondissait dans ma poitrine, j'étouffais, le feu aux oreilles ; si je ne l'entendais pas, j'étais soulagé mais affreusement vide.

Quand ils sont arrivés sur zone, ç'a été une fête pas possible. Ils exultaient. Je l'ai su le lendemain soir parce qu'ils n'avaient pas eu une minute à eux. Reçus à bras ouverts, ils avaient eu mille choses à gérer. Apparemment, la gueule du capitaine Jean était un peu inquiétante, mais « quand on accueille si simplement, si efficacement, content de l'aide, les choses se passent bien ».

C'est comme ça que l'a dit Gwen. Elle m'a parlé longuement, ce soir-là.

Je voulais tout savoir, me sentir avec eux ; mais elle a commencé par me demander comment j'allais, moi. Je ne m'y attendais pas : les événements, ils étaient de leur côté, pas ici. J'ai pris le temps de respirer profondément, et j'ai dit que je travaillais, la routine. J'aurais bien ajouté qu'ils me manquaient aussi, mais à quoi bon. Je préférais m'envelopper de sa voix.

Avant même que je lui retourne la question, elle a repris la parole, peut-être parce qu'elle sentait le silence : « À bord du *Shame of Europe*, ils ont déjà reçu des quantités de trucs. Des outils, des couvertures, des vivres, des lits de camp, des médicaments… Avec l'aide des migrants, on passe le plus gros du temps à charger les dons qui arrivent de partout, à les trier, à les ranger pour que tout soit répertorié, trouvable, exploitable. On bosse, c'est chouette… tu nous manques, tu sais. »

*

Peu à peu, le système d'aide bourgeonnait ; il envahissait la Toile, on ne parlait plus que de ça dans les médias, et les chiffres filaient le tournis. Concrètement, c'était un va-et-vient incessant de bateaux – des plaisanciers, des bâtiments de marine marchande, des bateaux de la SNSM aussi, à qui des associations, dans les villages et les ports, confiaient des vivres, des médicaments, des couvertures, des ballots de fringues. Ce n'était pourtant pas leur boulot…

Bic s'étonnait : « Pour l'instant, c'est drôle, il y a plus de dons que de réfugiés. Tant mieux, ça laisse le temps de s'organiser. » Pour Gilles, ça venait du fait que les réfugiés, ils ne voulaient pas se retrouver prisonniers sur un bateau, mais gagner des pays moins dangereux que le leur et avoir une vie normale. Il fallait du temps pour comprendre ce que c'était que ce truc.

Ça se tenait.

Petit à petit, il en venait quand même. Les bateaux des ONG ne savaient pas toujours sur quel pied danser ; le plus souvent, l'urgence amenait toute une embarcation à bord ; parfois ne débarquaient que ceux des réfugiés qui le voulaient, et le bateau poursuivait ensuite sa route vers le nord avec le reste des passagers. D'autres s'arrêtaient juste le temps de quelques urgences médicales. D'autres encore passaient leur chemin. Tous ne voyaient pas ça du même œil.

À les entendre, le *Shame*, c'était un immense bloc, une espèce de sucre géant auprès duquel tous les autres bateaux paraissaient des insectes. C'était une ruche. Tout le monde y travaillait. Yann m'avait expliqué qu'il comportait pour l'instant trois zones exploitables : une zone pour les cuisines et les repas, une zone pour dormir, un grand magasin général. Que pour le reste, les toilettes étaient des toilettes sèches, des dizaines de petites cabines sur le pont. Que la terre et la sciure avaient l'air d'être là pour ça et que ça ferait un sacré compost.

J'écoutais tout le monde. Je les imaginais se passer le relais, j'entendais les jumeaux qui, derrière, faisaient des blagues. Je fermais les yeux, alors, et j'oubliais que j'étais seul. Je m'y croyais.

Parmi les réfugiés, il y en avait plusieurs capables de traduire, et heureusement. Deux médecins érythréens aussi, qui abattaient un boulot de fou.

« Les gens qui arrivent ici ont tout perdu, mais ils sont actifs, on a toutes les compétences ! » m'avait dit Gwen un soir ; ajoutant que le jour même, un bateau de la Croix-Rouge avait laissé sur place du matériel d'urgence et dix volontaires, pour seconder les médecins du bord. Les jumeaux avaient continué : « Je me demande s'il veut pas planter de l'herbe : ils sont en train de monter de grandes bâches, et ils mettent de la terre partout sur le pont… » Derrière l'émetteur, Jeckel beuglait : « Ils font un green ! un greeeeeeeen ! un minigolf ! un terrain de foot ! Ils plantent une forêt ! »

Ils riaient comme des ânes, ça résonnait dans l'atelier. Et puis, ils ont raconté le quotidien. Yann bossait sur des structures, bois ou métal, à l'aménagement du ventre de la bête et sur le pont. Gwen aidait les médecins. Les jumeaux s'étaient collés aux cuisines, où beaucoup travaillaient. Irène, elle, avait eu un temps un peu suspendu : le capitaine Jean lui avait d'abord dit qu'il était hors de question d'enregistrer quoi que ce soit. Mais il avait vite compris son erreur. Il était revenu la voir, alors qu'elle servait de petite main : elle pouvait tout enregistrer, et filmer, même – pas les visages des réfugiés, ou le moins possible, mais ce qui se faisait et comment la vie s'organisait. Il fallait montrer la vie à bord. Le pirate savait comment s'y prendre.

Pour l'instant, on n'avait encore eu aucune image de l'intérieur dans les médias et j'avais du mal à comprendre comment tout ça fonctionnait ; mais j'en savais tout de même plus que ce qu'en disaient les articles et les reportages : l'ambiance était belle, très belle ; et ça, ils n'en parlaient pas.

En raccrochant ce soir-là, je suis allé me mettre contre l'aquarium, et j'ai écouté le bourdonnement de la pompe, qui occupait discret le silence de l'atelier. On entendait aussi, à la surface, le fouillis des petites bulles.

XXIII

La presse se déchaînait ; et si personne n'avait été autorisé à découvrir ce qui se passait sur le *Shame of Europe* – chasse gardée d'Irène – on évoquait chaque jour « l'impressionnante chaîne de solidarité » à l'échelle de la zone, de toute la Méditerranée, et de plus loin encore. Quand j'ai parlé de ça à Job, la *chaîne de solidarité*, il a eu un soupir – et, après une hésitation : « Les mots c'est un peu comme les étoiles. Leur lumière est lointaine. Âgée. Ces mots qui enflent, gonflent, je m'en méfie. Ce sont des étoiles mortes. Il y a des géantes rouges d'hier : *citoyen, responsable*... Il y a celles d'aujourd'hui : *projet, pragmatique*... et *chaîne de solidarité.* » Il a soupiré : « Oui. J'ai l'impression que les mots qui, comme ceux-ci, prennent tellement de place qu'on ne les questionne plus, ces mots-là sont morts. Cassés. Vidés de toute substance. »

Je n'y comprenais pas grand-chose, sinon que les mots aussi méritaient qu'on les répare – c'est peut-être ça la poésie.

Il n'empêche que cette chaîne, quels que soient les mots qu'on mettait dessus, elle existait : les copains voyaient bien les résultats sur place. Ils m'en parlaient tous les jours. On avait triplé la surface d'atelier de mécanique du bord pour y installer tours, perceuses à colonne, fraiseuses... Du ventre de bateaux de pêche, des micro-soutes de voiliers blancs sortaient des sacs de riz et de patates, des fruits, des couteaux de cuisine ; il arrivait d'un bord des œufs, d'un autre des poules pondeuses ; on donnait ici de pleins cartons de bocaux vides, là de quoi les remplir ; il venait d'Italie ou d'Espagne des chaussettes ou des vestes de quart tombées d'on ne savait où. Du papier toilette jusqu'au gaz des cuisines, ils ne manquaient de rien.

Moi, je suivais tout ça ; j'étais un peu dans le secret des coulisses : j'avais mon petit privilège, qui me rongeait. Ça me faisait du bien quand même. Et c'est par les médias que deux nouvelles incroyables sont arrivées. La première a été un vrai coup de tonnerre. Un matin, Régina est venue à l'atelier en brandissant un journal : un grand groupe industriel avait décidé de consacrer un bateau de sa flotte de pêche à l'approvisionnement en poisson du *Shame of Europe*.

Le bateau s'appelait l'*Oceania*.

C'était peut-être une opération de communication, une manière adroite de faire bonne figure. Certainement, même. Mais nous, on connaissait l'affaire, et on a été soulagés pour Bic : on s'est retrouvés à l'Hôtel du Port et on a ouvert une bonne bouteille à sa santé.

On en avait discuté pas mal, de Bic ; on craignait qu'il ne soit vraiment poursuivi et qu'il ait de gros ennuis. Job s'est joint à nous, ce soir-là. Il est venu sans son carnet, juste avec sa danseuse et son bout de ferraille, et je me souviens que dans la soirée, il a dit que Bic était un malin. Je n'ai su que plus tard le fin mot de l'histoire. Il avait effectivement parlementé avec la compagnie une fois sur place – une fois que tout le monde parlait partout du *Shame of Europe* comme d'une arche de Noé, et que sur la Toile les promesses de dons et les financements fleurissaient. Il n'était pas en position de force, mais il leur avait dit qu'ils avaient un coup à jouer, et que comme il était décidé à rester, ils avaient le choix entre une décision sans doute juste mais très impopulaire, et une issue glorieuse. Sacré Captain Maigrelet. Il avait été malin – et eux aussi.

La seconde nouvelle, on l'avait lue dès le lendemain dans le canard local. Un coup d'Irène, certainement, parce qu'il n'était pas de moi. On y disait que notre petit port était pionnier d'un large mouvement ; que des jeunes, courageux, généreux, avaient les premiers rejoint le *Pride of Maersk*, « comme les Sénans avaient rejoint la Résistance ».

Quand même, ça y allait fort.

Comme on avait tous été chopés ensemble pendant l'épisode des langoustes et des viviers, j'ai vite vu débarquer le chef du commissariat et le maire. Après un sermon sur ce qui était légal et ce qui ne l'était pas, les deux ont commencé à me serrer la paluche en disant que c'était bien, qu'on était des bons gars malgré tout. À compter de ce jour, le maire a complètement viré. Il a donné des interviews à la pelle. Il y était tous les jours ou presque, ça en faisait des gorges chaudes, plusieurs avaient même noté qu'il s'était acheté un costume neuf. Le commissaire, de son côté, n'aimait pas trop ça, les interviews. C'était un chouette mec au fond. Il aimait l'ordre, c'est tout. Mais il était fier que ça se soit passé dans sa zone – et sans déranger. Quelque part, il était même sans doute content aussi que la clique soit allée faire des siennes ailleurs. Il m'avait causé ce jour-là comme un général qui décore un héros, avec la voix grave et sérieuse de celui qui a fait dix guerres ; et sérieusement, je crois qu'il était ému quand même. Je n'ai jamais prétendu être très malin, mais décidément, les cons n'étaient jamais là où je les attendais. Malgré tout, je me suis dit que ce n'était pas la peine de lui raconter le fin mot de l'histoire avec l'*Oceania*.

Pendant ce temps, Job se diluait doucement dans l'air. Ses paroles mêmes se faisaient rares : il n'était pas mutique, pas taciturne, non. Il était plein de silence. Il économisait ses mots comme s'il s'économisait lui-même. Quant aux pages qui restaient à noircir dans son carnet, elles étaient si peu nombreuses qu'à moins de l'ouvrir on ne pouvait plus les deviner. J'avais parfois l'impression que la seule chose concrète le concernant, c'était ça. Un carnet, une danseuse entre deux baguettes et un petit cylindre de métal gris, dont les bords bourgeonnaient de reliquats de fonte.

XXIV

Un soir, il est arrivé à l'atelier. Je venais de terminer une vacation radio avec l'*Oceania* et le *Arvar ha kalon.* J'avais fini par confier à Gwen son étrange disparition, que j'observais jour après jour. Elle l'avait compris comme une image, une espèce de métaphore : j'ai su alors qu'elle ne s'était rendu compte de rien, ou que quelque chose en elle se refusait à y croire – ce qui revient au même. C'était sans doute la même chose pour les autres ; alors j'ai continué en évoquant juste son silence d'homme seul, de plus en plus profond, et la mer qui, pendant nos promenades, grondait comme *à travers lui.*

Je raccrochais mes écouteurs quand il est entré. Il a fouillé dans sa poche, et il a posé sur l'établi son petit bout de ferraille avant de s'asseoir.

J'ai attendu ; et comme on ne bougeait ni l'un ni l'autre j'ai fini par demander s'il voulait que j'en fasse quelque chose, en préparant un thé. Ce n'était qu'un bout de ferraille, pas assez grand pour être usiné ; il a dû voir mon regard perplexe devant ce truc qu'il posait là, ce truc informe et silencieux qu'il semblait offrir alors qu'il ne s'en séparait jamais. À ma question, il a répondu non non, en prenant la grande tasse que je lui tendais ; il a remis l'objet dans sa poche en disant que le temps viendrait, ou qu'il n'était pas encore temps – je ne me rappelle plus exactement – puis on a bu en silence.

La radio s'est mise à chanter : « L'atelier, l'atelier, du *Shame of Europe*, vous me recevez ? »

J'ai sursauté, et couru jusqu'au poste – non seulement j'en sortais tout juste, mais ils n'appelaient normalement que depuis le *Arvar ha kalon* ou l'*Oceania*, jamais depuis le vaisseau mère : ils ne se seraient jamais permis ; et de ce qu'ils en disaient, le capitaine Jean ne leur aurait pas permis non plus de le faire. J'ai répondu : « On est là, bonsoir Gilles – du nouveau ?

— Écoute... »

On entendait une chanson :

Méditerranée
Aux îles d'or ensoleillées
Aux rivages sans nuages
Au ciel enchanté
Méditerranée...

La voix qui suivait, je l'ai entendue pour la première fois, mais c'est comme si je la reconnaissais – et le visage de Job n'a laissé aucun doute :

État libre et indépendant du Shame of Europe, *ici le* Shame of Europe. *Ceci est un message du capitaine Jean.*

On n'a de comptes à rendre à personne, mais il vaut mieux causer soi-même que de laisser les cons parler à votre place. Depuis deux mois, on accueille des réfugiés et des volontaires. Depuis deux mois, on accueille, on soigne, on loge, on nourrit, et on se débrouille très bien. Vos chers dirigeants, ceux que vous avez mis sur le trône, continuent leurs petites affaires, comme si de rien n'était. On n'espérait pas mieux.

Grâce à certains, on reçoit de quoi avancer. C'est des gens qui aident. Pas des États. Notre territoire porte bien son nom.

Il y a deux mois, on était dix-sept membres d'équipage. Maintenant, on est 1 832 à bord, dont 1 677 réfugiés. Les aides, c'est venu de partout, et ça nous a permis un paquet de choses.

Voici donc ce qu'on a fait du pognon :

Aménagement d'un atelier pour travailler le bois et les métaux.

Aménagement de 5 000 couchages, en chambrées de une, deux ou quatre personnes et en dortoirs d'accueil de 20 lits. La capacité d'accueil va donc bientôt atteindre 5 000 passagers.

Cuisine et boulangerie opérationnelles pour 3 600 repas par jour, on peut monter à 10 000 dès qu'on veut. La capacité des chambres froides a été multipliée par dix. Il nous faudra pour ça une unité de production de plus en boulangerie.

Eau douce en quantité suffisante, à raison de 20 litres par jour et par personne. Au moment où je vous parle, on travaille à l'installation d'un dispositif auxiliaire de désalinisation. Réfugiés et volontaires, tout le monde s'y colle. La capacité de production d'eau douce prévue est de deux millions de litres par jour, comme sur les paquebots de rupins ; fin des travaux dans un mois.

Vous avez sans doute eu du mal à couper aux vues aériennes qu'on vous passe en boucle : le pont a été aménagé – un mètre de terre sur la totalité de la surface, soit 18 000 mètres carrés ; j'entre pas dans les détails techniques – une équipe d'agronomes et d'agriculteurs s'en occupe ; on ne manque pas de savoir-faire là non plus. Les conteneurs – 20 en tout – servent de lieux de repos et de stockage du matériel agricole. Mais surtout, les grandes toiles triangulaires tendues sur le pont ne sont pas faites pour une croisière écolo : on est à l'ancre et c'est pas 20 voiles de yoles qui font avancer un parpaing pareil. Ces voiles, elles servent à récupérer des eaux de pluie et de condensation, elles font de l'ombre aux heures chaudes. Les premières cultures devraient être ramassées dans un mois.

« Le dispensaire est efficace mais les structures de soin seront bientôt insuffisantes. Les réfugiés arrivent en mauvais état. Étonnant, non ? Les sites de financement et de dons pourront aussi avoir cette fonction, une fois le problème de l'eau douce réglé. On a besoin de matériel et de volontaires pour les soins. « Pour l'éducation, on a une école. Des profs, des psychologues et des traducteurs. Il nous reste des besoins en profs – des gens pour enseigner les langues.

« Plusieurs personnes s'occupent à bord de faire une bibliothèque. C'est un début. On a besoin de livres et de quelques bibliothécaires.

« On manque pas de musiciens ; et on chante ici plus souvent que chez vous sans doute. Mais les musiciens sont bienvenus quand même et un piano serait pas de refus.

« Pour l'instant, les règles du bord sont simples :

- *On travaille au bien commun dans toute la mesure de ses moyens.*
- *Priorité donnée aux réfugiés, pour tout – et parmi eux aux gamins.*
- *On respecte le sommeil de l'autre.*
- *Pas de pognon à bord – ou laissé dans une chaussette. Rien ne se paie.*
- *Le culte religieux est libre mais privé. Tout culte dans l'espace public et tout prosélytisme sont considérés comme une violence.*
- *Toute violence orale, psychologique ou physique avérée, qu'elle soit individuelle ou collective, a pour*

conséquence : une mise en garde, pour la première fois ; l'exclusion définitive du bord en cas de récidive.

À ceux que ces règles font hurler, à ceux aussi que ces déclarations font sourire, je réponds qu'ici, c'est comme ça ; que j'en suis le garant, seulement le garant ; et que personne n'est ici contre son gré. Personne ne signe. C'est tacite, *comme on dit. Une espèce d'évidence. Ici, il n'y a pas de règlement à signer. Je dis aussi qu'en deux mois, aucun cas de violence n'a été signalé. À croire que quand on a vécu l'enfer de la guerre, on a envie de paix.*

Ouvrez grand vos oreilles. On était dix-sept membres d'équipage. On peut accueillir 1 800 personnes à dix-sept. C'est même simple. Si on accueille bien les premiers, ils deviennent vite des hôtes exemplaires. Chaque homme, chaque femme, chaque gamin qui monte à bord est pris en charge par ceux qui sont déjà là, et chacun trouve sa place sans problème. Ici, on laisse même les vieillards se reposer. On se débrouille plutôt bien. Que ceux qui en doutent déblatèrent et bavent autant qu'ils veulent. Qu'ils restent devant leur télé. Ils ne sont pas les bienvenus.

On pourrait espérer que ceux qui vous administrent vous offrent désormais de formidables conditions de vie. Curieusement, on n'a pas trop de doutes. Ça reste la merde. L'Europe, cette vieille charogne, explosera bientôt de sa propre putréfaction.

Les habitants de l'État libre et indépendant du Shame of Europe *remercient tous ceux qui sont dignes du nom d'hommes, et saluent bien tout le reste. Celui qui ne veut rien faire trouve une excuse, celui qui veut faire quelque chose trouve un moyen. Fin de communication.*

La chanson est revenue à nouveau – avec cette voix mielleuse, d'un autre temps, et le souffle des vieux enregistrements. Elle allait devenir le générique de toutes les communications du capitaine.

XXV

Avec ce petit arrangement secret entre Bic et l'armateur de l'*Oceania*, avec la déclaration du capitaine Jean sur les aides et les besoins, un paquet d'entreprises et de magnats du commerce se sont acheté une bonne conscience ou un bon plan de communication, et ils y sont allés à qui mieux mieux.

Évidemment, ça a suscité d'autres débats – mais quelque chose était en train de se construire qui dépassait tout le monde, et chacun voulait en être. Ça faisait rire le capitaine Jean, dont Gilles m'avait répété les paroles – ce qu'il disait en privé : « Qu'ils donnent, ces cons-là ! Même les pires, surtout les pires, ceux qui font leur beurre de la guerre, ceux qui chient sur les humains et posent leur gros cul sur le droit du travail, les fabricants de réfugiés, ils donnent… Ils se font une belle pub, c'est normal, c'est humain – l'humain vaut pas mieux que ça de toute manière. Tu vas voir qu'il va même se trouver des gouvernements à rendre les dons *déductibles d'impôts*, pour ne pas avoir à accueillir. Fin de race ! »

Le capitaine Jean n'attendait des hommes que le pire. Mais quoi qu'il en dise, ce qui se construisait à bord – et ce qu'on en rapportait – ressemblait tellement à une arche de Noé que ça remuait en chacun des choses profondes. Régina m'avait même dit que le curé en avait fait *tout un sermon à la messe.*

Le *Shame of Europe*, c'était un havre dans lequel se rejoignaient ceux qui avaient décidé de ne plus souffrir les choses. On avait peu d'images encore du ventre du bateau. C'était là pourtant que palpitait le cœur, là que tout s'organisait. Je le savais, chaque vacation radio m'en donnait des exemples ; mais ce que le grand public en voyait était si étonnant, si inouï qu'il n'avait pas besoin de plus. Une grande partie du pont désormais était verte. Immobile dans le vent et la course infinie des flots, c'était une minuscule bande de terre, une oasis de cultures mêlées où s'échelonnaient, comme des sucres, réservoirs, petits abris, bacs à cendres ou de compost. Vignes, fruitiers, salades et radis, pommes de terre, tomates et pastèques, tout se mêlait. Un forum d'agronomes et d'agriculteurs affinait ça chaque jour. Créer un monde : imaginez le défi, et le plaisir avec lequel ils s'y jetaient...

Contre la passerelle, une treille accueillait les premiers élans d'une vigne vierge. À sa base trônait une ruche. À la proue, on avait réservé un espace et transplanté trois oliviers déjà vieux – un cadeau d'agriculteurs du sud de la France. Ils n'étaient d'aucune utilité – pas plus que ne l'eût été une vache pour approvisionner en lait tout le monde à bord ; mais l'image était si saisissante et le sens si évident qu'ils furent bientôt le symbole du *Shame of Europe*. « Vous allez voir, on va nous offrir des colombes ! » avait dit le capitaine Jean en rigolant.

Ça n'a pas loupé. Des colombes, il en a même reçu une bonne cinquantaine. Des couples, et des pigeons voyageurs, s'il vous plaît, bien dressés... Quand on donne, on donne ce qu'on croit bon, et on est rarement tout seul à avoir une idée. À bord, ils ont gardé les voyageurs parce que c'était romantique et rigolo ; et un couple, aussi, avec lequel ils ont pris quelques photos pour la presse. Avec les autres ils se sont fait un gueuleton mémorable, arrosé de vin grec.

*

Nourris par ce que nous racontaient les Partisans à la radio, on discutait avec Jeff et Régina, tantôt chez l'un, tantôt chez l'autre. Je ne sais pas s'ils s'en servaient tant que ça, de leur radio, mais il arrivait qu'on se retrouve ensemble à la vacation du soir. Avec le temps, c'était d'ailleurs devenu une vacation hebdomadaire – le vendredi, pour garder comme des habitudes, des traces du temps où.

Job nous rejoignait de temps à autre ; il restait le plus souvent silencieux. Il écoutait de loin, buvait son Paddy chaud en caressant sa danseuse. Il ne refusait pas de répondre quand on s'adressait à lui directement ; le faisait d'un oui, d'un non, d'un regard ou d'un hochement de tête ; ils se comprenaient. D'ailleurs, ni Jeff ni Régina ne lui posaient vraiment de questions : ils savaient bien que c'était devenu trop pour lui.

Il ne se déplaçait plus avec son carnet. J'avais fini par lui demander s'il l'avait terminé, un matin où je l'avais vu plus transparent que jamais. De toutes les explications possibles, c'était celle qui m'obsédait le plus : *il disparaît au fur et à mesure qu'il écrit.* C'était absurde : le simple fait de lui poser la question invalidait mon hypothèse. Si sa tâche était achevée, il aurait dû avoir disparu totalement. Il avait quand même pris la peine de me répondre qu'il reprenait tout depuis la première page et comblait chacune d'elles, chaque marge, le moindre espace blanc, avec une encre d'une autre couleur pour ne pas confondre, car *il avait encore deux ou trois choses à débrouiller.*

J'ai noté ça à la suite de la liste des autres hypothèses :

Tant qu'il lui reste des choses à comprendre, Job écrira – et ne disparaîtra pas ?

Pendant ce temps-là, les Partisans faisaient parler d'eux ; ou plutôt, c'est le *Shame of Europe* qui faisait parler de lui. Semaine après semaine on avait affiché les coupures de presse, les photos collectées ici et là, ou prises par les copains et imprimées.

Mais il y avait encore plus fort. À l'entrée du village, le maire avait placardé une énorme affiche avec en photo les trois oliviers à la proue du *Shame of Europe* – une icône désormais reprise par tous les journaux – et juste en dessous, cette inscription :

PREMIER PORT SOLIDAIRE DE FRANCE !

« Il manque pas d'air, le gros ! ricanait Jeff à qui voulait l'entendre. Quand on voit comment il a traité les Partisans pendant des années… » Mais quand on était seulement tous les trois, il s'adoucissait, il disait que finalement il valait mieux ça, et que nos Partisans méritaient bien qu'on les fête ; que tirer la couverture à soi, c'était un peu reconnaître leurs qualités. Job, en entendant ça la première fois, a murmuré : « *L'hypocrisie est un hommage que le vice rend à la vertu.* »

Je savais d'où ça venait : La Rochefoucauld, c'était l'un de mes deux livres de chevet. L'autre, c'est *Poteaux d'angle*, d'Henri Michaux. C'est Régina qui m'avait conseillé les deux, en me disant qu'il fallait toujours contrebalancer l'un par l'autre, sinon j'allais finir moine, ou fou. Elle commençait à siffler entre ses dents d'un air entendu quand il a conclu : « Ce n'est pas de moi, c'est dans un bouquin », avec un clin d'œil. Ça collait bien, pour le maire comme pour ceux qui faisaient leur don juste histoire de se redorer le blason.

XXVI

L'Arche aux oliviers ; Big SOE, La colonie de la Honte… En six mois, on a recensé des dizaines de façons de désigner le bateau. Il naissait chaque jour de nouveaux noms. Peut-être à cause de ce qui s'y passait, toujours neuf ; ou peut-être parce que pour s'emparer du phénomène, chacun avait besoin de le nommer à sa manière. Peut-être, tout simplement, parce qu'en le nommant, on se situait dans l'espace de la controverse, on disait *d'où* on parlait. En tout cas, son nom, son seul vrai nom, le *Shame of Europe*, rappelait à tous les raisons mêmes de son existence – ça devait suffire à beaucoup pour avoir envie de l'appeler autrement.

Au bout de six mois, le bateau accueillait effectivement 5 000 habitants. Une ville. Le capitaine Jean tenait un registre des départs, des arrivées, des naissances et des morts. Les morts étaient rendus à la mer, selon la tradition ; il y en avait eu quatre – une crise cardiaque et trois « dues aux faiblesses liées aux longues privations ». Vu l'état dans lequel beaucoup arrivaient, Gwen disait que ça tenait du prodige. Il y avait eu six naissances, aussi. Tous les réfugiés qui restaient avaient trouvé leur place ; ils n'étaient d'ailleurs plus des réfugiés mais les acteurs d'une grosse ruche, où chacun en particulier s'attachait au bon fonctionnement d'un tout. Réfugié, mal en point, on devenait vite une partie de l'équipe de secours. On choisissait ensuite d'être une part du rouage ou de s'en libérer ; et certains partaient tenter leur aventure sur la terre ferme. « On parle des aides, mais ce qu'ils ne disent pas, les cons, c'est que c'est les réfugiés eux-mêmes qui sont les aides principales. Ce sont eux qui font tourner la boutique !... Et le pire, c'est qu'il n'y a pas de boutique ! » avait rigolé le capitaine Jean.

Mécanique, chaudronnerie, charpente et menuiserie ; agriculture, médecine, enseignement à tous les âges et de tous les niveaux, couture, cuisine... on trouvait toujours des compétences, des mains agiles et des cerveaux en marche, des hommes et des femmes dont les talents allaient souvent bien au-delà des besoins du bord.

Devant l'afflux, et parce que tout cela fonctionnait, un autre porte-conteneurs s'était mis à couple quatre mois après la déclaration d'indépendance, dans des circonstances un peu similaires : pas si vieux mais promis à la casse lui aussi. La manœuvre avait été effectuée une semaine après les premières récoltes ; on avait dû transférer les nichoirs suspendus du flanc bâbord, où s'était installée une importante colonie d'oiseaux marins. Des passerelles permettaient de passer d'un pont à l'autre, malgré une différence de niveau de quatre ou cinq mètres.

Une fondation américaine avait donné de l'argent pour accélérer la construction d'un navire-hôpital qui les avait rejoints quelques semaines plus tard. Autour de ce grand noyau gravitaient désormais une quantité impressionnante de bâtiments de toutes tailles – remorqueurs, chalutiers, petits caboteurs, voiliers. Volontaires aguerris, aides d'un jour et professionnels de tous milieux côtoyaient des équipages de militants venus « construire autre chose » aux côtés de ceux qui n'avaient pas vraiment le choix. Des zadistes maritimes, en somme.

À la télé, un documentaire sur une équipe de chercheurs testant grandeur nature un prototype de radeau végétal avait intéressé des financeurs. Le dispositif produisait de l'électricité avec la houle. On parlait d'en installer à proximité. L'aventure passionnait les ingénieux et offrait aux inventions une sacrée visibilité. Tout le monde s'y retrouvait.

Gwen avait remarqué un truc troublant : ce système entièrement fondé sur le don était radical dans son efficacité, et n'avait laissé aucune place au « formidable marché » que certains espéraient. Il phagocytait tout ce qui s'en approchait ; il montrait une immunité à toute épreuve. Les seules choses à déplorer avaient été, à la marge, quelques inévitables escroqueries au financement participatif, sur des sites qui avaient disparu du jour au lendemain avec une belle petite cagnotte.

Matériel ou pécuniaire, de temps, de soi, le don se révélait être un système étonnamment solide – en tout cas infiniment supérieur à l'échange. C'était même contagieux. Il y eut quelques cas de gens qui donnèrent tout ce qu'ils possédaient, jusqu'à eux-mêmes. Des radicaux. Eux, le capitaine Jean ne les aimait pas ; il les appelait *les apôtres*. Gwen, qui s'en méfiait elle aussi au début, avait fini par concéder qu'au final ils se montraient très discrets – et qu'ils semblaient légers, comme s'ils étaient soulagés du poids de leur vie.

De tous bords, sous toutes formes, ça pleuvait ; et ce qu'on croyait essentiel avait rapidement et radicalement changé de gueule. Beaucoup d'artistes avaient envoyé des toiles, des photos, des poèmes, ou étaient venus offrir qui un concert, qui un spectacle. Une troupe de théâtre avait même décidé de rester. Très vite, on avait considéré que l'art était, autant qu'un luxe inouï, le fondement nécessaire et l'expression la plus juste d'une communauté humaine. Le cirque, surtout, plaisait : c'est universel, le cirque.

Il y eut un soir un couple de danseurs, des circassiens justement. Ils s'appelaient « Noos », et Gwen, en les évoquant, avait eu la voix pleine de larmes. Elle disait que c'était un couple d'artistes, mais aussi beaucoup plus ; qu'ils étaient des symboles ; que chacun à tour de rôle portait l'autre, comme un pantin ; que ça avait remué le public profondément parce que après tout, la question, la grande question, à propos de tout, c'était *qui porte qui.*

Je n'ai jamais pu les voir mais je suis sûr qu'ils n'étaient pas là par hasard. Les miracles, ils arrivent plus souvent quand les conditions s'y prêtent. Ils n'en sont pas moins miraculeux. Il faut faire en sorte qu'ils puissent advenir ; et parfois, en faisant tout pour qu'ils adviennent, on y participe un peu.

Le capitaine Jean avait créé ça. Ça le dépassait peut-être, mais ce joyeux bordel, c'est lui qui l'avait fait naître. Il n'en causait jamais. Il continuait, imperturbable, attaché seulement à être « digne du nom d'homme » – ils s'en étaient tous fait un slogan, à bord – et malgré tout prenant plaisir, avec des déclarations en pied de nez, à « remplir de merde la bouche de ceux qui le méritaient bien ». Jean ne refusait aucune aide sauf celles des États, et le faisait savoir avec une joie si féroce que pour peu que certains l'aient tenté, au début, il ne devait plus y en avoir beaucoup à s'y risquer.

XXVII

Il y a, à l'arrière des sous-marins, un cône aveugle aux radars embarqués. On appelle ça le cône du silence. Je sentais que j'étais dans un cône de silence dont Job était la pointe, et dont le *Shame of Europe* marquait les contours. On parlait beaucoup du *Shame of Europe*, oui ; mais devant la réussite d'une aventure spectaculaire, on avait eu tôt fait de ne plus évoquer les raisons de son existence. L'horreur en Syrie, en Érythrée, ailleurs… Les milliers de morts anonymes, et la Méditerranée, cimetière. J'ai commencé à sentir, ou plutôt j'ai *su* que je devais raconter tout ça. *Tout*, je dis bien. Pas seulement ce qui se passait là-bas, mais tout, vraiment tout. Gwen, Job, l'absence, l'exil en soi. Tout. Et pour que ça ne soit pas vain, il fallait en préserver la part de silence, tout ce qui ne pouvait pas être tranché, et la poésie – ces profondeurs, loin sous la surface des mots, sans lesquelles on ne peut avoir du monde qu'une vision mesquine et fausse, simpliste, froide et sèche de mépris – dégueulasse.

C'était un soir, tout était bleu. L'atelier baignait dans le silence chuintant des radios. C'est ce silence qui m'a appelé ; et à l'instant même où j'ai décidé de raconter, je me suis aperçu que ce qui valait la peine, c'était ce qui échappait aux mots. Que donc, l'entreprise était un pari à tenir en sachant qu'il était perdu d'avance. Peut-être que je ne m'étais jamais rendu compte de ça avant parce que je ne m'en étais jamais préoccupé, que je n'avais jamais eu l'idée de raconter quoi que ce soit.

Je me demandais si Job et Irène ressentaient ça eux aussi, s'ils étaient confrontés aux mêmes choses – ce naufrage, cet échec obligé. Je me disais que pour Irène, ça devait être difficile : le son, c'est comme la photo, on se dit que ça a existé, et on oublie tout le choix, tout le tri, le point de vue de celui qui collecte : la fabrique. On écoute, et on se dit : c'est vrai. Du coup, celui ou celle qui fabrique funambule au-dessus d'un grand gouffre : impossible d'être objectif – mais trahir le moins possible. Être aussi discret que possible, pudeur nécessaire – mais signaler sa présence quand même, par souci d'honnêteté.

Pour Job, c'était différent. Je ne savais pas ce qu'il écrivait, personne ne le savait. Si ça se trouve, il écrivait de la poésie – et la poésie est à soi seule une sorte de vérité. On ne contredit pas de la poésie.

Ce n'était pas plus simple, cela dit, s'il écrivait de la poésie, parce que la poésie, elle doit avoir l'incandescence de l'acte – sinon, c'est rien qu'une sale manière, de la déco. La poésie c'est un acte. Ça doit être un acte. Et pour que ce soit un acte – vraiment un acte, un truc incontestable – il faut y arriver, au point d'incandescence. Qui n'a jamais eu l'impression, en lisant un poème, qu'on a causé à sa place ?

Je ne parvenais pas à me sortir de l'idée que Job écrivait sa vie – une espèce de journal, pour en finir. Ça posait des problèmes, aussi – de choix, de condensé, de recomposition – mais pas les mêmes. Surtout s'il écrivait *pour lui*. C'était compliqué, et je me suis endormi.

Job était dans l'eau, et se laissait couler. Un fouillis de bulles remontaient à la surface, la plupart comme des perles, minuscules, des chapelets, que venaient bousculer de grosses grappes, épaisses… Et chacune d'elles faisait éclore un mot, et chacun de ces mots était un bout de ses trente ans d'absence. J'étais seul. Je cherchais à les noter mais je ne pouvais pas : je ne pouvais utiliser mes mains que pour nager. Je ne pouvais pas appeler au secours, car j'aurais couvert la voix des mots qui remontaient. Je ne pouvais pas noter, car j'aurais coulé. Je ne pouvais pas plonger pour le sauver, parce que j'aurais perdu le secret de ces mots, de ces trente années de mots qui remontaient en fourmillant autour de moi. Je paniquais, leur profusion était telle que je ne pouvais tous les retenir, j'essayais, tout s'échappait et m'échappait, et le secret de trente ans de souvenirs bruissait à mes oreilles – chaque mot, chaque souvenir poussant le suivant, tout s'éparpillait à la surface, et j'ai soudain pris conscience que la terre avait disparu. J'étais seul, au milieu de rien, au milieu d'un océan dont la surface lisse, crevée des dernières bulles, laissait s'échapper un dernier écho, comme un murmure : « Et je suis rentré. Et maintenant, tout est fini. »

Il ne restait plus que moi et le silence, qui recouvrait doucement le chant des bulles et les secrets enfuis – un murmure, puis plus rien. J'étais seul, au milieu de l'océan, et le secret que je détenais s'était enfui. Au loin, il devait y avoir Gwen.

XXVIII

Lorsque je me suis rendormi, beaucoup de temps avait passé : le ciel de nuit pâlissait à peine. Au réveil, je suis allé voir Job. Il était là, assis à sa table, immobile et diaphane. L'équinoxe de mars approchait ; mais le soleil blanc avait encore le goût froid de l'hiver, et filtrant par la vitre, il traversait sa tête de vieil homme fatigué : derrière elle, bien visible, fumait le samovar de thé.

Son grand carnet était devant lui, fermé. Sa danseuse était là aussi, les montants de bambou de son portique coincés dans une grosse tasse. Dans la niche de ses poings, fermés l'un sur l'autre, je pouvais voir le noyau d'ombre de son bout de ferraille.

Je me suis assis à ma place habituelle, sur l'autre chaise, près de la porte. Je ne parvenais pas à parler, je ne savais pas quoi dire ; je me sentais démuni, incapable d'autre chose que de me plonger dans son silence en espérant qu'il comprenne. Ça a duré un temps sans mesure ; et ce fut lui, lui qui ne parlait plus depuis des semaines, ce fut bien lui qui, le premier, prit la parole.

« Je disparais, l'ami. Je disparais, c'est tout. Ça t'attriste, je vois bien. Il ne faut pas : je ne suis jamais vraiment revenu. Après tout, tu n'auras peut-être connu ici qu'un fantôme. »

Il a ouvert ses poings, un peu comme une fleur éclot, et a posé devant lui le cylindre de fer.

« Ce petit bout de ferraille, gamin, c'est une boussole. »

Il a ouvert son carnet, et en a tiré une lettre jaunie, qu'il m'a tendue :

Mourmansk.

Bonjour Armel, bonjour Robert, salut à tous les autres, au Bart t'abat.

J'ai passé soixante villages, peut-être plus ; et m'y voilà enfin. Ça fait quelques semaines, déjà. Au travers de l'unique fenêtre, je vois palpiter des lueurs, çà et là, dans les masses sombres de grandes barres d'immeubles.

J'aurai désormais d'autres visages à vous montrer, vous entendrez d'autres voix. Arrivé enfin dans ce port dont certains parlaient, t'en souvient-il Robert, avec dans la voix l'or des pêches et la rudesse des nuits de gel. L'hiver approche, long hiver…

Dimitri est ici partout – mais il ne peut être de cette foule qui dort à jamais sous les stèles du cimetière de la ville. J'ai connu toutes leurs histoires, à chacun d'eux. J'y suis allé tous les jours depuis mon arrivée. Combien de femmes, de mères, combien de sœurs sont venues ici pleurer leur absent ? Combien viendront encore, raides face à la houle mourante, raides, silencieuses et résignées, sans plus même la force de la colère ? Je vous entends, je vous entends tous, vous dont on ne sait si vous dormez sous le sol dur et glacé que je foule ou sous les flots noirs de la mer de Barents.

Dimitri Witkowski,

Dimitri Groutchenko,

Dimitri Karenovitch.

Rien n'indique d'où ils viennent, rien ne dit s'ils sont morts à terre. Ce cimetière est un désert plus aléatoire encore que les cales, qui plongent dans le vrai champ des morts.

Dimitri Stirnov,

Dimitri Polenko,

Dimitri Ivanovitch.

Il ne peut pas être de ceux que Mourmansk a ensevelis. Peut-être y a-t-il un peu de lui dans chacun d'eux – un peu seulement. Tous les possibles se croisent et se côtoient : un homme sans passé n'a pas de patrie, il est fatalement de partout et pour toujours.

On cherche mal.

Fanch.

« C'est Armel qui m'avait envoyé cette lettre de Fanch, arrivée au Bart t'abat depuis la Russie.

L'aléatoire, le hasard. Le dénommé Fanch, j'en avais entendu parler, je ne le connaissais pas personnellement. Il avait touché juste mais il fallait aller plus loin encore. Lorsque je suis parti chercher Dimitri, j'ai compris que je ne pouvais pas le chercher comme les autres – à enquêter, tirer des fils, suivre la piste d'un témoignage ou d'une conversation. J'avais passé des mois en mer, à caboter avec le capitaine Jean le long des côtes ouest de l'Afrique. On avait passé le cap de Bonne-Espérance – le bien nommé. À Durban, j'ai pris mon sac et je suis allé de là jusqu'à la grande gueule noire des mines de Koursk. Un long périple, mais j'avais mon idée. *On cherchait mal* : une piste se dessinait dans l'étrange intuition de Fanch. Le fer extrait à Koursk part partout dans le monde. Qu'est-ce qui fait que tel atome se retrouve ici plutôt que là ? J'ai décidé de suivre le devenir, le destin multiple, les ramifications sans fin de quelques grammes de fer.

« Et ça m'a amené partout, gamin. À Mourmansk, en Nouvelle-Zemble ; en Afghanistan, à Odessa ; à Obock, aussi – mais c'est une autre histoire… Je suis passé là-bas de l'autre côté de la mort.

« Le reste s'est fait comme sans moi. À Alang, le fer que j'avais récolté, les grammes épars pris partout sur ma route et qui toujours m'emmenaient ailleurs, je les ai fait fondre ensemble, sur l'un des innombrables chantiers de démantèlement. Ils ont été fondus à même le sol vaseux, sur un bout de ferraille, un simple rogaton de tôle du *Seillean*, un vieux FPSO qu'on finissait de découper et dont les tranches immenses s'effondraient dans un bruit de tonnerre. De là, j'ai erré dans bien des endroits de l'Inde. J'étais déjà mort alors. Obock... Obock, la mort qui rôde, et les Parques, et trop de hasards nus...

« On cherche mal...

« Mais je suis revenu ici. Je croyais avoir fait le tour ; et c'est ici que tout m'attendait. Depuis mon retour, une boucle s'est faite dans le temps. Je me fous désormais des horloges.

« Je sais que je ne suis pas clair. Qu'importe. Dis-toi juste que le temps n'a plus de prise sur moi – ni souvenirs ni espoirs.

« Je ne sais pas si tu "cherches Dimitri", gamin. Je ne sais pas si c'est une bonne idée. Je ne sais pas si on peut y échapper. Bref. Je voulais que tu saches ce qu'était ce truc, ce petit bout de ferraille, parce que je voudrais que tu me rendes un service, quand je ne serai plus là. Essaie de voir si tu peux l'envoyer à bord du *Shame of Europe*, pour le capitaine Jean. Ou à Dunkerque, au Bart t'abat, si ça existe encore – mais j'en doute. Ils ne sauront pas non plus ce que c'est, mais ils le garderont.

« Tu es un bon gars. Maintenant, si tu veux bien, laisse-moi dormir, gamin. »

Sous sa main qui le couvait de nouveau, on voyait le noyau d'ombre. Quelques grammes de fer. La boussole.

Il ne m'avait jamais appelé « gamin ».

Il a fermé les yeux.

Sa respiration était calme et profonde.

Il vivait.

XXIX

Très vite, le cauchemar de la noyade est devenu récurrent.

J'avais perdu Gwen, j'allais perdre Job et j'étais démuni : je ne pouvais plus garder tout ça pour moi. Tout devenait trop lourd ; et le sommeil, qui n'avait jamais été un grand compagnon, m'avait tout à fait fui. Il fallait raconter tout ça, oui ; pour les autres, pour ceux qui viendraient.

Je suis allé voir Régina.

Les coudes plantés sur sa table en Formica vert, couteau en main, elle épluchait quelques légumes au-dessus d'un vieux journal. Une catastrophe nucléaire n'y changerait rien : aussi longtemps qu'elle vivrait, Régina éplucherait ses légumes en écoutant France musique, les deux coudes bien plantés sur la table et une feuille de journal sous les épluchures.

Je ne venais que rarement la chercher jusque dans sa cuisine : elle a éteint la radio, s'est rassise et m'a demandé ce qui n'allait pas. Je lui ai tout raconté.

Le plus calmement possible, et sans rien omettre. La transparence de Job qui augmentait chaque jour ; mon impuissance à ramener de la matière en lui. La tristesse de la solitude, sans Gwen ; et puis le désarroi, et la nécessité de raconter, aussi. Peu à peu, au fur et à mesure que je lui parlais, j'ai senti que je ne lui apprenais rien. Je *découvrais* une réalité, c'est cela. Je posais les yeux là où elle avait décidé de ne pas regarder de trop près. Elle qui ne montrait rien, qui savait se rendre illisible comme personne et qui semblait toujours observer les choses de loin, je vis à ses mains qu'elle était émue.

« Ne m'en dis pas plus, va. Je crois que je sais tout ça, au fond. »

Elle était d'accord : on ne pouvait rien faire sans doute pour l'empêcher d'aller de l'autre côté du pays du pain, comme on dit ; mais il fallait raconter ça. Un homme qui devient transparent, ça ne se rencontrait pas tous les jours. Je le sentais, à son ton : cette histoire de transparence, elle ne la voyait que comme une façon de dire qu'il n'avait plus d'attaches avec le monde. Une simple métaphore. D'ailleurs, elle trouvait tout naturel que j'évoque le fait de voir à travers lui.

L'idée m'est venue comme une évidence, une délivrance aussi : je lui ai dit que j'étais dans le cône du silence, prisonnier de lui ; qu'elle saurait raconter, que moi j'avais du mal à trouver les bons mots, que ça me faisait peur, qu'elle était mieux placée, qu'elle le connaissait bien ; j'ai bien essayé ; mais sans me laisser finir elle a posé son couteau et elle a dit, d'une voix devenue soudain grave : « Raconter, je ne peux pas, mignon. Je ne le ferai pas. Jamais. »

En revanche, elle pourrait m'aider si j'en avais besoin. À comprendre Job. Et elle avait une idée. Elle a ôté son tablier, et enfilant son manteau elle m'a fait signe de la suivre.

On est allés tous les deux au Vorlen par la côte. Un vent fort et régulier avait levé la houle et la mer grondait sans colère, ample et puissante. Jeff s'était installé en terrasse, nez au vent ; il avait un livre ouvert en main, mais il laissait les pages flapflaper et regardait la mer orange et bleu. Les derniers rayons du soleil lui faisaient une peau de cuivre, à lui aussi. Régina a posé la main sur son crâne, au milieu des cheveux follets, des fils d'or :

« On vient chercher des bouquins, Jeff. On vient chercher des bouquins mais on va d'abord boire un coup, pis causer. Y a le petit qui a besoin. »

Jeff s'est levé sans un mot ; il avait compris qu'il se passait quelque chose avec Job. Il est rentré, a servi à Régina un Kir au vin rouge, à moi une Guinness, et est allé fouiner sous le comptoir, d'où il a ressorti une grande dame-jeanne que je n'avais jamais vue.

C'était un très très vieux rhum, de la couleur qu'a le caramel quand on le cuit chez soi. Presque noir. Saint-Étienne 59. On goûterait plus tard.

« Parler de tout ça, parler de Job, soit on le fait comme des commères, soit on le fait bien », il a dit.

Pour le faire bien, la règle était simple : au lieu du cancan et des choses qu'on dit sans savoir, on allait revenir à un classique. Chacun devait choisir à son tour un extrait, une page, un poème, une nouvelle... quoi que ce soit qui lui fasse penser à Job. Au lieu de déblatérer, on lirait. On ne dirait même pas pourquoi telle œuvre lue appelait pour nous telle autre. Pas de commentaire, pas d'explication.

Jeff a servi trois verres de rhum. On a goûté et on s'est tus longtemps.

Il n'y avait plus de musique : de cela je me souviens encore. On a goûté le silence. Ce rhum n'était pas un alcool, c'était un voyage ; des siècles de souffrance ; des coups de fouet sur des dos ; du sang, des larmes – et c'était affreusement bon.

On a commencé. Régina a ouvert le bal. Ils avaient dû jouer souvent à ce jeu, ils avaient des regards complices qui allaient fouiller loin en arrière, ça se voyait. Ils avaient fourbi leurs armes, surtout, avec beaucoup de facilité. Ils avaient sorti des étagères branlantes des livres qu'il avait parfois fallu épousseter ; et cherchant de mon côté, les imitant de mon mieux, je remarquai alors une photo où, manifestement, ils devaient y jouer déjà : au premier plan on voyait un empilement de bouquins, sur la table près de la fenêtre. Au second plan, leur bande d'alors. On reconnaissait Régina, je voyais aussi Jeff et Job. L'un des autres devait être Armel.

C'est alors que je la vis.

Foudroyé.

Sur cette photo ancienne – un vieux cliché jauni dont les bords se cassaient – là, au second rang, dans la pénombre et à demi masquée par les visages de Job et Jeff, *il y avait Gwen.*

Bien sûr, ça ne pouvait pas être elle. Bien sûr… Et j'ai compris, d'un coup, l'air foudroyé de Job, la première fois qu'il était entré au Vorlen.

Comme s'il était tombé nez à nez avec un fantôme.

Sa mère. Ça ne pouvait être que sa mère. Cette mère dont Gwen m'avait dit un jour qu'elle l'avait très peu connue, parce qu'elle était artiste, toujours sur la route.

On a souvent sous les yeux des choses qu'on ne sait plus voir. Moi qui pensais savoir *sentir*, comment avais-je pu manquer ça ? Gwen ressemblait à sa mère. Et il l'avait aimée.

Ça n'explique pas tout, bien sûr – rien n'explique *tout*, le réel ne s'épuise pas comme ça. Mais d'un coup, j'ai tout revu, j'ai compris. Job s'était retrouvé projeté en arrière, concrètement. Il était bien *ici*, mais pas *maintenant*.

*

C'était un vertige terrible.

De proche en proche, de verre en verre, les textes se répondaient et peu à peu leurs résonances dessinaient Job – mais ils disaient aussi bien d'autres choses. Tout se mêlait : choisir des pages, même avec pour but de décrire quelqu'un, c'est forcément un peu faire un portrait de soi-même aussi. On se livrait forcément aux deux autres. Moi, j'avais même la sensation de glisser de son portrait au mien.

Job était, ce soir-là, fait de mots. Aux textes sont bientôt venus s'ajouter de la musique, des chansons, des tableaux. On peuplait peu à peu le cône du silence.

Je me souviens d'avoir insisté longuement pour les convaincre que Job était impalpable, et que sa musique, c'était Debussy.

Vers la fin, en hommage aux Partisans et à ceux qui peuplaient le *Shame of Europe*, j'ai mis *Lily*, une chanson de Pierre Perret que j'avais choisie. Je ne sais pas si je pleurais davantage l'idée de Gwen, ou les destins brisés – ni si c'était si différent, au fond.

Le reste s'est vite perdu dans de grandes brumes.

J'ai encore dans un tiroir ce qu'on a défoui – les échos, les téléscopages ; et si j'ai cru sincèrement, alors, que rien ne pouvait mieux cerner Job que ce qu'on exhumait, je pense aujourd'hui que cela allait bien au-delà : en tentant d'en faire le portrait, on en découvrait l'essence : tout au long de sa vie, Job avait peu à peu quitté sa nature d'homme pour l'art.

XXX

En quittant le Vorlen, les oreilles pleines de la musique des pages lues et l'âme ouverte à la nuit, j'ai erré longtemps de pointe en pointe, au plus près de l'eau. Le vent était tombé avec le soleil et la mer se calmait déjà. Elle scintillait sous la lune, parcourue de vagues d'ombre.

Me revenaient par bribes, comme des hoquets, des choses entendues.

Reste encore un peu ici
je suis si seule d'être comme toi
sans dehors ni dedans
murmura la fenêtre aveuglée par la nuit

Le *Shame of Europe* faisait désormais partie du paysage, et avec lui son étrange et fantasque armada – une véritable ville de bateaux à couple. On n'en parlait plus guère ; on savait qu'ils étaient là mais les gros titres étaient allés faire leur miel d'autre chose.

Nous, ici, on savait. On continuait, le vendredi, et dans le silence des nuits, à se parler à la radio. Les voix aimées me déposaient ce secret : autonome, la ville flottante ourlait d'ombre des terres honteuses, des silences pas même coupables, pas même gênés. Les dons arrivaient toujours ; mais après l'engouement, ils s'étaient réduits à un mince filet – le petit peuple des généreux qui restaient debout. Les jumeaux s'étaient spécialisés dans le nettoyage des coques, en rappel ou en plongée. Ils s'étaient mariés à bord, le plus officiellement du monde, avec deux sœurs érythréennes. Des jumelles. Yann s'apprêtait à rentrer : il y avait désormais suffisamment de compétences sur place et son bois lui manquait. Irène avait fait des documentaires magnifiques – pour la radio, la télé. Mais surtout, elle m'avait envoyé un paquet.

Dedans, je découvrirais bientôt une inconcevable banque de bruits. Des milliers d'heures d'enregistrements qui allaient de quelques secondes à vingt-quatre heures – classés, répertoriés, datés... du grattage de la coque aux cuisines, d'une chambre d'hôpital à la passerelle... mais aussi les cris de chaque oiseau, le bruit de l'eau, le vent dans les oliviers... et des berceuses dans toutes les langues... Tout était classé, répertorié... jusqu'aux grandes plages : 24 heures sur le pont ; 12 heures en salle des machines ; et, trésor étrange, une nuit de sommeil de chacun des Partisans. Parmi eux, Gwen.

Gilles, enfin, pêchait avec Bic, chacun à son bord, et tous les deux avec la satisfaction de ne rien rejeter de leurs prises – de savoir qu'elles nourrissaient des gens qui en avaient besoin. Ils avaient trouvé leur équilibre. Tout ça fonctionnait, oui ; et même plutôt bien. Une sorte de train-train. Mais face à sa honte, l'Europe n'avait pas levé le petit doigt.

Qu'adviendrait-il de tout cela ?

Que sont mes amis devenus
Que j'avais de si près tenus
Et tant aimés
Ils ont été trop clairsemés
Je crois le vent les a ôtés
L'amour est morte
Ce sont amis que vent me porte
Et il ventait devant ma porte
Les emporta

Je comprenais que quelque chose nous liait, Job et moi, et qu'il était passé, plus que de l'autre côté du bonheur ou du malheur, de l'autre côté du temps et de la vie. Je comprenais Gwen aussi, je crois, et la nature de l'absence, et l'entrelacs des choses inévitables.

Assez vu. La vision s'est rencontrée à tous les airs.
Assez eu. Rumeur des villes, le soir, et au soleil,
[et toujours.

Assez connu. Les arrêts de la vie. – ô Rumeurs
[et Visions !
Départ dans l'affection et le bruit neufs !

Je comprenais tout ça, et ce qui me séparait des amis, et ce qui me séparait des anciens.

J'étais seul.

Le village dormait. La lumière, chez Job, était éteinte.

J'entrai à l'atelier.

Posés en évidence sur l'établi il y avait son grand carnet, sa boussole et la petite danseuse. Écrit avec un soin de moine copiste, un billet posé à côté d'eux disait qu'il me les confiait, charge à moi d'en faire ce que je voulais. Qu'il allait se baigner.

J'ai essayé de téléphoner au Vorlen, et à l'Hôtel du Port. J'ai appelé à la radio. En vain.

J'ai tout pris – dans les poches, sous le bras, et couru autant que me le permettait la nuit.

Je ne voulais pas de ces cadeaux, je ne voulais pas de ce poids. S'il partait, il devait partir avec ou les donner à d'autres.

Je n'en voulais pas.

Je ne voulais pas qu'il s'en aille.

Tempes en feu, jambes en sang, j'ai couru à m'en retourner le ventre.

*

Le temps que j'arrive, c'était l'heure bleue.

Une brume légère enveloppait le monde. Aux flots, pas une ride. Dans cette crique où Gwen, naguère, s'était baignée, un gravelot longeait le frêle bourrelet d'écume de la mer qui se retirait ; Job était là, plus loin, dans l'eau jusqu'à la taille, presque transparent comme elle.

Il s'éloignait, tranquille, comme dérive une barque.

Je voulus appeler ; je crois que j'essayai – mais aucun son ne sortit de ma bouche.

Immobile, il prenait le large, sa ligne de flottaison comme miraculeusement maintenue au niveau de la taille ; et je l'ai vu, je le jure, noyé de brume, se dissoudre, lentement, lentement – jusqu'à disparaître tout à fait.

Cet ouvrage a été imprimé
par CPI Bussière
pour le compte des éditions Grasset
à Saint-Amand-Montrond (Cher)
en juin 2021

Mise en pages Nord Compo

N° d'édition : 22053 – N° d'impression : 2058568
Dépôt légal : septembre 2020
Nouveau tirage dépôt légal : juin 2021
Imprimé en France